Der Tote vom Stop

Impressum:

Marcus Ehrhardt
Klemensstraße 26
49377 Vechta
Deutschland
E-Mail: max.ehrhardt55@gmail.com

Korrektorat / Lektorat: Tanja Loibl
Titelgestaltung: MTEL-Design
Bildnachweis: Adam Kontor / pexels.com, jhagood23.deviantart.comDruck: epubli – ein Service der neopubli GmbH, Berlin

Kapitel 1

Entsetzt weiteten sich die grauen Augen des Mannes. Fassungslos starrte er auf seine Hände, die er sich auf den Bauch presste. Das warme Blut sickerte zwischen seinen Fingern hindurch und breitete sich unaufhaltsam auf dem weißen Stoff seines T-Shirts aus. Er atmete geräuschvoll und schwer ein, als würde er Luft durch einen Trinkhalm saugen. Es schien sich eine Eisenfaust um seinen Brustkorb gelegt zu haben – und diese drückte erbarmungslos zu.

»Was? ... Warum ... hast du das getan?«, krächzte Johann Müller mit dünner Stimme. Was geschah hier gerade? Er wollte doch nur nach Hause gehen. Passierte es wirklich? Dann sackte er auf die Knie. Halb flehend, halb verwundert schaute er hoch – seinem Gegenüber direkt ins Gesicht. Sein Blick fiel auf das Messer in der Hand der Gestalt: Blut klebte am Metall der Klinge und schimmerte im Licht des Vollmonds. Der warme Wind, der eben noch angenehm die laue Sommernacht unterstrichen hatte, schien Johann Müller jetzt eiskalt unter seine Kleidung zu kriechen. Langsam breitete sich der ziehende Schmerz in seinem Bauch aus und ergriff Besitz von seinem ganzen Körper. Er hielt sich die bluttränkten Hände vors Gesicht. Die Gedanken rasten und überschlugen sich in seinem Kopf. Dann verschwammen sie und schließlich verschwanden sie.

Die Gestalt starrte teilnahmslos auf ihr Opfer herab. Lange hatte sie diesen Augenblick herbeigesehnt – endlich müsste Johann Müller für all das bezahlen, was er ihr und anderen angetan hatte. Oft hatte sie sich gefragt, wie es sich anfühlen würde. Würde sie Triumph, Erleichterung, Genugtuung oder Freude verspüren? Jetzt, da der Mann vor ihr kniete, gurgelnd seine letzten Laute von sich gab und das restliche Leben aus seinem Körper entwich, fühlte sie nichts von alledem – sie fühlte gar nichts. Eine endlose Leere dehnte sich in ihr aus, als ob nicht nur dem mittlerweile auf die Seite gefallenen Müller, sondern auch ihr der Stecker gezogen worden wäre, der sie mit Lebensenergie versorgte. Da stimmte etwas nicht. Sie müsste sich gut fühlen, beschwingt von ihrer Tat, jetzt, da das Opfer regungslos vor ihr lag. Lange Zeit hatte sie nur Hass und Verachtung für Müller empfunden, und das Einzige, das sie im Moment für ihn empfand, war Mitleid. Die Gestalt war verwirrt – so sollte es nicht sein, so dürfte es nicht sein.

Nach einem scheinbar ewig dauernden Moment schüttelte sie sich und sah sich hektisch nach allen Seiten um, doch niemand war zu sehen. Sie packte, das Messer noch in der Hand haltend, dem Opfer unter die Achseln und zog es keuchend in das angrenzende Maisfeld. Die Gestalt wunderte sich, wie schwer es ihr fiel, den zwar großen aber schlanken Müller zu bewegen. Kurz blieb sie neben dem leblosen Opfer stehen und schaute ihm in die toten Augen:

»Das hast du dir alles selbst zuzuschreiben.« Die Worte kamen flüsternd aus ihrem Mund. Vorsichtig spähte sie abermals die Umgebung ab, dann rannte sie los. Weg vom Johlen der stark angetrunkenen Besucher und der Musik, die aus den letzten geöffneten Festzelten des diesjährigen Stoppelmarktes immer leiser in ihre Ohren drang, bis sie irgendwann verstummte.

Kapitel 2

Kriminalhauptkommissarin Maria Fortmann vom 1. Fachkommissariat aus Cloppenburg und ihr fülliger Kollege, Kriminaloberkommissar Peter Goselüschen, trafen um acht Uhr morgens am Ort des Geschehens ein. Langsam bog der dunkelgrüne Audi vom Visbeker Damm in die schmale Schotterstraße, die zum Kreuzweg führte. Statt sich im Schritttempo über das mit Buden, Zelten und Karussells zugestellte Marktgelände zu quälen, hatte sich die blonde Maria für diesen Weg entschieden. Der kurz hinter der Einmündung postierte uniformierte Polizist erkannte die beiden und winkte sie freundlich grüßend zum Tatort durch. Sie waren vor etwa einer Stunde als Verstärkung angefordert worden. Einsatzwagen sperrten den Tatort weiträumig in alle Richtungen ab.

Am gestrigen Stoppelmarktmontag, dem Tag des Viehmarkts, waren sämtliche ortsansässige Firmen mit ihren Angestellten dort unterwegs gewesen und der Gerstensaft floss an diesem Tag noch etwas mehr als an den anderen Festtagen, obwohl das fast unmöglich schien. Wie üblich hatten auch an diesem Tage etliche Feierwütige bis in die frühen Morgenstunden durchgehalten. Einige Schaulustige versammelten sich hinter der Absperrung. In den Gesichtern der Leute zeigte sich das gesamte Spektrum menschlicher Empfindungen von Entsetzen bis Erheiterung.

»Moin, Harry, was haben wir?« Maria hielt sich die Hand vors Gesicht, die morgendliche Sonne blendete sie und ließ ihre gelben Pumps erstrahlen. Kriminaloberkommissar Harald Scharnweber, ihr Kollege aus Vechta, war bereits von der vor einigen Minuten abgerückten Tatortgruppe unterwiesen worden. Sie hatte die Erstbegutachtung des Tatortes abgeschlossen und alle gewonnenen Erkenntnisse an Scharnweber weitergegeben. Nun lag es am zuständigen Ermittlerteam, die weiteren Recherchen zu übernehmen. Diese Aufgabe fiel Maria Fortmann und Peter Goselüschen zu, die von Harald Scharnweber und einigen anderen Vechtaer Polizisten unterstützt werden würden. Der hochaufgeschossene Scharnweber nickte den beiden zu.

»Moin, ihr beiden.« Er begrüßte sie mit einem kräftigen Händedruck. »Leider ist das kein Anlass, um wie sonst auf dem Stoppelmarkt anzustoßen. Macht euch auf was gefasst, wir haben hier `ne riesengroße Schweinerei.« Er führte die beiden zur Leiche. Sie waren darauf bedacht, keine Spuren zu verwischen. Die Kollegen von der Spurensicherung aus Cloppenburg ließen noch auf sich warten.

»Oh ja, ziemlich blutige Angelegenheit«, sagte Maria, als sie die auf dem Rücken liegende, blutüberströmte Leiche zwischen den meterhohen Maispflanzen sah. Trotz der angenehm warmen Temperatur überkam sie beim Anblick des Toten ein Frösteln. Sie würde sich wohl nie richtig daran gewöhnen, dachte sie, aber wenigstens wäre das ein Hinweis, dass sie nicht total abgestumpft war.

»Ja, soviel Blut fließt hier sonst nur, wenn unser Wolf sich mal wieder über ein paar Schafe hergemacht hat.«

»Seit wann ist das euer Wolf? Der kümmert sich auch bei uns darum, dass wir keine überschießende Schafpopulation befürchten müssen. Aber vielleicht ist der bei uns ja auch ein Verwandter von eurem.« Goselüschen lachte kurz auf.

»Ich werde beim nächsten Mal seine Personalien aufnehmen. Dann können wir das ja abgleichen.«

»Vergiss nicht die Pfotenabdrücke – sonst zählt das nicht.« Die seit Jahren steigende Anzahl des Raubtieres, das als ausgerottet galt, bereitete den Züchtern von Nutzvieh im norddeutschen Raum, gerade denen von Schafen, zunehmend Probleme. Besonders in der Region Vechta/Diepholz häuften sich von Woche zu Woche die Meldungen von Blutbädern, die dem Isegrim zugeschrieben wurden.

»Könnten sich die Herren bitte um das Wesentliche kümmern?«, sagte Maria. Sie kramte in ihrer modischen, schwarzen Handtasche, die locker an ihrem grellgelben Shirt baumelte, und zog Einweghandschuhe hervor, die sie sich überstreifte. Dann kniete sie sich neben die Leiche und inspizierte diese sowie den Boden drumherum. »Von da wurde er hergeschleift.« Sie deutete auf einen Punkt am Weg ungefähr vier Meter entfernt. Von dort führten deutliche Spuren im Sandboden zum Maisfeld, an deren Rand einige Blutflecken erkennbar waren.

»Ja, das ist offensichtlich«, bestätigte Goselüschen.

»Der Tote wiegt locker 80 kg, da muss man sich schon ganz schön anstrengen, den hierher zu ziehen.«

»Ja, ist sicher nicht so leicht – aber wer die Eier hatte, ihn abzustechen, wird wohl auch die Kraft haben, ihn da rüberzuschleifen.«

»Damit liegst du wohl richtig, Gose. Was haben wir sonst, Harry?«

»Der Notarzt hat vor `ner halben Stunde den Tod des Mannes festgestellt. Mutmaßlich eingetreten in Folge mehrerer Messerstiche in die Bauchgegend. Todeszeitpunkt zwischen 4 und 6 Uhr. Näheres muss die Rechtsmedizin aus Oldenburg klären.«

»Ist der Doc noch da?«, fragte Goselüschen. Er zog ein Taschentuch aus seiner Hosentasche und wischte sich den Schweiß von der Stirn.

»Nein, er wurde zu einem Notfall gerufen. Ihr wisst ja, Stoppelmarkt ist auch für die Ärzte Hochsaison«, antwortete Scharnweber mit seiner tiefen, rauchigen Stimme.

»Wissen wir schon, wer das Opfer ist?«

»Ja, Maria. Sein Name ist Johann Müller, 49 Jahre, alteingesessener Vechtaer. Er hat bei der Stadtverwaltung gearbeitet. Verheiratet, zwei volljährige Kinder. Seine Geldbörse mit den Papieren und etwas über 100 Euro Bargeld sowie sein Handy hatte er noch.«

»Demnach können wir wohl einen Raubmord ausschließen.«

»Das denke ich auch, Maria. Seine Armbanduhr ist ebenfalls noch da, demnach ging es nicht darum.« Maria war die exklusive Uhr am Handgelenk der Leiche bereits aufgefallen.

»Vechtaer heißt Vechteraner, oder? Ich vergess das immer wieder.« Goselüschen kratzte sich am Kopf.

»Ja, Gose. So heißen wir Eingeborenen hier auf Amtsdeutsch«, bestätigte Scharnweber nachsichtig.

»Gibt es auf Müllers Handy Nachrichten oder Telefonate von den letzten Stunden?«, wollte Maria wissen.

»Nein, im Moment nicht. Auf dem ganzen Gelände ist der Handyempfang seit jeher sehr schlecht. Möglicherweise trudeln noch Nachrichten darauf ein, die hätte Müller dann jedoch nicht mehr lesen können.«

»Wer hat ihn gefunden?«, fragte Goselüschen und zückte einen Notizblock aus seiner Hosentasche. Er blätterte ein paar Seiten um und hielt einen Stift bereit.

»Zwei junge Männer. Sie sind noch etwas fertig, aber wahrscheinlich eher wegen des Alkohols. Wir haben sie noch auf der Dienststelle. In ihren getrennten Befragungen haben sie sich nicht widersprochen, allerdings auch keine Hinweise erbracht. Sie haben niemanden gesehen, sind nur zufällig auf die Leiche gestoßen, weil einer der beiden zum Pinkeln hier rüberging.« Er zeigte auf eine Stelle etwa drei Meter rechts des Toten. »Hat ihnen einen gehörigen Schrecken eingejagt. Sie sind dann bis zum BMX-Parcours da vorn gelaufen – dort hatten sie Handyempfang und haben uns angerufen.«

»Gibt es weitere Zeugen?« Maria Fortmann stand wieder bei den beiden Männern auf dem Weg und schaute sich nach allen Seiten um, als würde sie etwas Bestimmtes suchen.

Aufmerksam betrachtete sie die Schaulustigen, doch niemand stach ihr ins Auge.

»Nein, bisher haben wir keinen gefunden. Aber zwei Kollegen sind noch auf dem Markt unterwegs, um die Beschicker der umgebenden Fahrgeschäfte und Fressbuden zu befragen.«

»Das wird wohl einige Zeit dauern. Es sollen ja um die 500 Stände aufgebaut sein«, stellte Maria fest.

»Ja, so Pi mal Daumen müsste das hinkommen«, bestätigte Scharnweber.

»Haben wir das Tatwerkzeug?«, fragte Goselüschen.

»Nein, bisher nicht. Der Helikopter aus Rastede ist vor ein paar Minuten wieder abgeflogen. Sie konnten auch mit der Wärmebildkamera nichts entdecken. Die Bilder bekommen wir nachher zur Dienststelle geschickt.«

»Ist euer Blutspürhund einsatzbereit?« Seit der Serie *Game of thrones* hatte diese Dienstgradbezeichnung für Hunde eine völlig neue Qualität gewonnen, dachte sie belustigt.

»Jo, Maria, der ist unterwegs. Sollte in ein paar Minuten hier sein.«

»Das ist gut, dann hoffen wir mal, dass der Wauwau seinen Job ordentlich macht«, sagte Goselüschen, klappte den Notizblock zu und ließ ihn wieder in seiner Gesäßtasche verschwinden.

»Sie – unser Bluthund ist eine Sie! Sie heißt Betty«, klärte Scharnweber die beiden schmunzelnd auf. Offensichtlich mochte Scharnweber dieselben Serien wie sie selbst, stellte

Maria fest, nachdem er diese Bezeichnung für den Hund gewählt hatte.

»Die leidige Frauenquote, die erfüllt werden muss?«

»Ja, Gose, die niedersächsische Polizei scheint da deutlich fortschrittlicher als die Wirtschaft oder die katholische Kirche zu sein.« Um die Aussage zu unterstreichen deutete er in Richtung Stadt, wo die Spitze vom Kirchturm der katholischen Kirche Maria Frieden gerade noch auszumachen war.

»Dann statten wir doch als Erstes der Familie einen Besuch ab.« Goselüschen stimmte seiner Kollegin nickend zu.

»Er wohnte in der Welper Straße 39, hinten Richtung Golfplatz. Fahrt gleich gegenüber vom evangelischen Friedhof rechts rein, dann seid ihr fast da.«

»Danke, Harry, wir sehen uns später auf der Dienststelle.« Die beiden Cloppenburger Kommissare machten sich in ihrem Dienstwagen auf den Weg.

»Hätte der Täter nicht einen Tag warten können? Dann wäre wenigstens der Stress mit dem Markt vorbei. Sehr unsensibel von ihm.« Goselüschen fuhr sich mit der Hand durch sein lichtes Haar.

»Mensch Gose, etwas Taktgefühl würde nicht schaden«, tadelte sie ihn, konnte sich ein Lächeln jedoch nicht verkneifen. In ihrer mittlerweile fast 15-jährigen Tätigkeit als Polizistin hatte sie mit einigen festen Teampartnern zusammen gearbeitet. Goselüschen gehörte absolut nicht zu den Hinguckern unter den männlichen Kollegen, aber sein derber

Humor und sein scharfer Verstand machten ihn zu ihrem bisherigen Favoriten. Auch wenn er oft vor Sarkasmus nur so triefte und schlecht gelaunt war, verging die Arbeitszeit mit ihm doch wie im Fluge.

Der Weg zur Ehefrau des Opfers dauerte lediglich zehn Minuten. Der Verkehr in der Kreisstadt Vechta kam erst langsam wieder in Gang, diese Zeit hatte immer etwas von einem Ausnahmezustand. Viele Einwohner nahmen für den Stoppelmarkt einen Teil ihres Jahresurlaubs. Selbst schon seit Jahren nicht mehr in der Region lebende Ur-Vechtaer kamen währenddessen zahlreich in ihre alte Heimat. Da seit Jahrzehnten immer dieselben Zelte ihren festen Stammplatz auf dem Marktgelände hatten, wusste man im Vorfeld, in welchem Zelt man mutmaßlich *seine Leute* treffen würde. Sei es das Goldenstedter, das Visbeker, das Twistringer oder das Pickers Zelt, in welchem sich der Großteil des Vechtaer Nachbarortes Lutten versammelte – für fast jedes größere Dorf oder kleinere Stadt in der Umgebung der Kreisstadt fand sich eine Anlaufstelle.

Die 37-jährige, blonde Polizistin stoppte den Audi vor der Auffahrt zu einem modernen Einfamilienhaus. Eine akkurat geschnittene Koniferenhecke trennte das Grundstück vom Gehweg der vor Kurzem generalsanierten Straße. Der gepflegte Rasen, die frisch beschnittenen Obstbäume im Vorgarten, die sauber eingefassten Beete, in denen Goselüschen nicht einmal den Ansatz eines Unkrautes erkennen konnte, und die weißen Klinker des Hauses mit Friesengiebel rundeten das Bild ab. In der aufgeräumten, offenen Doppelgarage parkten ein roter Ford Fiesta und ein dunkelgrüner SUV mit einem Stern am Kühlergrill. Neben den beiden Fahrzeugen stand jeweils ein Fahrrad zwischen Autotür und Wand.

»Typische südoldenburger Spießerhütte«, befand Goselüschen. Maria schaute ihren Kollegen kopfschüttelnd an und rollte mit ihren blauen Augen:

»Wenn du deine Frau nicht betrogen hättest, würdest du jetzt auch nicht in einer Zwei-Zimmer-Wohnung hausen, sondern selbst noch in so einem Häuschen wohnen, also bleib mal locker.«

»Touché.« Goselüschen reagierte stets entspannt auf die kleinen Spitzen seiner Kollegin, welcher er so ziemlich alles durchgehen lassen würde, auch wenn er trotz ihrer Attraktivität keine romatischen Gefühle für sie empfand. Mit den klaren, harmonischen Gesichtszügen und der definierten Wangen- und Kinnregion entsprach sie, vielleicht abgesehen von ihrer etwas schiefen Nase, dem modernen Schönheitsideal – ganz im Gegensatz zu ihm selbst: Er hatte ein großes, rundes Gesicht, das in einem noch größeren Kopf steckte. Meist erstrahlte es, aufgrund seines chronisch erhöhten Blutdruckes, in einem ungesunden Rot. Nein, Maria war nichts für ihn – viel zu sehr hing sein Herz an seiner Ex-Frau, die ihn vor einem Jahr verlassen hatte. Bis heute hatte sie ihm seinen einmaligen Seitensprung nicht verziehen. Goselüschen selbst wusste gar nicht mehr, wie es damals überhaupt zu diesem gekommen war.

Die flachen Absätze von Marias Pumps klackerten auf der gepflasterten Zufahrt und rissen Goselüschen aus seinen Tagträumen. Er hielt sich etwas hinter ihr.

»Muss ich mal wieder die Nachricht überbringen?« Sie blickte über ihre Schulter. Wie vermutlich die meisten ihrer Kollegen und Kolleginnen mochte sie diesen Teil ihres Jobs am wenigsten. Im Normalfall wurden sie bei der Übermittlung einer solchen Nachricht von einem Psychologen begleitet, leider war dieser heute nicht sofort verfügbar.

»Du hast einfach mehr Feingefühl als ich, das weißt du doch, Maria.« Sie atmete tief durch und drückte auf den goldenen Klingelknopf über dem braunen Schild: *Hier wohnt, streitet und verträgt sich Familie Müller.*

»Guten Tag, was kann ich für Sie tun?« Die kleine Frau schien gerade erst aufgestanden zu sein. Davon zeugten sowohl die dunklen Ringe unter ihren Augen als auch die zerzausten, langen braunen Haare, die heute noch keine Bürste gesehen zu haben schienen. Der zu große, rotweißgestreifte Frotteemorgenmantel ließ keine Rückschlüsse auf ihre Figur zu. Eine leichte Alkoholfahne schwang den Beamten entgegen. Sie zeigten ihre Dienstausweise:

»Mein Name ist Fortmann, dies ist mein Kollege Goselüschen. Sind Sie Frau Müller?« Mit ihren 1,78 m überragte sie ihren Kollegen um einen halben und Birgit Müller um einen ganzen Kopf. Die Frau schaute mit gerunzelter Stirn von Maria zu Goselüschen und wieder zu Maria:

»Ja, Birgit Müller. Polizei? Worum geht´s?« Ihre Stimme klang noch etwas mitgenommen. Sie schien überrascht zu sein und machte keine Anstalten, die beiden ins Haus zu bitten.

»Dürfen wir hereinkommen?«

»Ach ja, natürlich. Kommen Sie.« Sie trat einen Schritt zurück, drehte sich um und ging voraus. Die Ermittler folgten ihr in ein modern eingerichtetes Wohnzimmer. Dort deutete sie auf die ausladende Sitzecke mit dem dunkelbraunen Wildlederbezug. Auf dem Glastisch stand ein Strauß frischer Sommerblumen, dessen Duft sich mit der Alkoholfahne Birgit Müllers vermischte. Maria wartete, bis Frau Müller sich gesetzt hatte:

»Frau Müller, wir müssen Ihnen leider mitteilen, dass ihr Mann tot ist.« Sie beobachteten die frische Witwe genau.

»Wie bitte?« In ihrem Gesicht regte sich nichts, ihr Körper jedoch straffte sich kaum sichtbar.

»Er wurde vor etwas über einer Stunde in der Nähe des Stoppelmarktgeländes tot aufgefunden. Wir gehen von einem Gewaltverbrechen aus.« Maria sprach mit ruhiger Stimme.

»Sie wollen mich wohl auf den Arm nehmen.« Ihre Stimme zitterte, während sie unruhig ihren Blick durch das Wohnzimmer wandern ließ.

Goselüschen schaltete sich ein:

»Wo waren Sie heute Nacht, Frau Müller?«

»Wie bitte? Verdächtigen Sie mich etwa?«, erwiderte sie mit hoher Stimme. Goselüschen meinte, ein Funkeln in ihren Augen aufblitzen zu sehen.

»Frau Müller, das sind Routinefragen in so einem Fall. Also?«, fragte Maria mit weiterhin ruhiger Stimme.

Birgit Müller schüttelte den Kopf und sah auf ihre Hände:

»Nun, da, wo wahrscheinlich fast ganz Vechta war, auf dem Viehmarkt natürlich. Gegen 0 Uhr bin ich mit dem Bus nach Hause gefahren.«

»Kann das jemand bestätigen?« Goselüschen hielt wartend seinen Stift über den Notizblock. Sie betrachtete weiterhin ihre manikürten Hände mit dem blassrosa Nagellack.

»Wohl kaum. Höchstens der Busfahrer, da saßen allerdings viele Leute drin. Meine Söhne wohnen nicht mehr hier und mein Mann wollte unbedingt noch dort bleiben. Er findet nie nach Hause.«

»Hatte ihr Mann Feinde? Oder Streit mit jemandem?«, fragte Goselüschen, den Stift bereit haltend.

Sie überlegte kurz, dann schüttelte sie den Kopf und sah Goselüschen in die Augen:

»Naja, er ist ... war ein schwieriger Charakter. Er eckt oft an, vor allem dienstlich. Aber deswegen würde ihn doch wohl niemand umbringen!« Endlich brachen die Dämme und Birgit Müller schossen die Tränen aus den Augen. Maria legte ihr die Hand auf den Unterarm. Birgit Müller unterdrückte ein Schluchzen.

»Wir können Ihnen einen Psychologen schicken, mit dem können Sie sprechen.« Maria wollte gerade beruhigend mit ihrer Hand zudrücken, da zog Birgit Müller ihren Arm zurück, schüttelte vehement den Kopf und stand auf. Sie zog ein Taschentuch hervor und schnäuzte hinein. Danach bemühte sie sich um einen festen Ton in ihrer Stimme:

»Nein, es geht schon. Kann ich ihn sehen?«

»Er wird gerade vom Bestatter abgeholt und zur Autopsie in die Rechtsmedizin nach Oldenburg gebracht.« Maria blickte zu ihrem Kollegen. »Schreib ihr doch eben die Telefonnummer auf.« Goselüschen schaute kurz zu Maria, kritzelte etwas auf einen Zettel, riss ihn ab und reichte ihn der Hausherrin.

»Ich würde jetzt gern hinfahren, wenn Sie nichts dagegen haben.«

»Das geht leider nicht: Zivilisten haben da keinen Zutritt. Allerdings können Sie unter dieser Telefonnummer fragen, wann die Leiche Ihres Mannes freigegeben wird. Das entscheiden die Kollegen vor Ort.« Birgit Müller schien verstanden zu haben, denn sie nickte. »Wir melden uns wieder bei Ihnen.« Maria Fortmann stand auf und gemeinsam gingen die drei zur Tür. Auf dem Tritt drehte sich Maria noch einmal zu Birgit Müller:

»Und Sie sind sich ganz sicher, dass wir Ihnen niemanden zum Reden schicken sollen?« Die Angesprochene nickte entschieden:

»Nein, danke. Das brauchen Sie nicht. Ich komme damit auch so klar.« Kaum hatte sie den Satz ausgesprochen, schloss sie die Haustür.

»Was sagst du dazu?«, fragte Maria ihren Kollegen, als sie wieder im Wagen saßen. Sie stellte den Rückspiegel ein, um eine Wimper aus ihrem rechten Auge zu entfernen, die sie schon seit Minuten störte.

»Meiner Meinung nach stimmt da einiges nicht. Es schien sie absolut kalt zu lassen. Gruselig.« Goselüschen beobachtete amüsiert seine Kollegin bei ihrem autochirurgischen Eingriff an ihrem Auge.

»Ja, das kam mir auch komisch vor. Hören wir uns doch mal an, was unsere Kollegen für uns haben.« Endlich hatte sie das lästige Haar entfernt und startete den Audi. Goselüschen erschauderte beim Anblick des Hauses, als sie daran vorbeifuhren. Solch eine Gefühlskälte erlebte man nicht allzu oft. Wie konnte jemand jahrelang mit einem Menschen unter einem Dach wohnen und dann den plötzlichen Tod so wegstecken? Klar schickte jeder Mal seinen Partner gedanklich dorthin, wo der sprichwörtliche Pfeffer wuchs, aber das hier war reell.

Er wurde aus seinen Gedanken gerissen, als Maria den Wagen gefühlt im Schritttempo durch die enge Münster Straße navigierte, um keinen Spiegel abzufahren.

»Die Stadt hat so viel Kohle, warum können die nicht einen ordentlichen Stadtring und ein paar vernünftige Parkplätze bauen, damit man ohne Nervenzusammenbruch durch die Innenstadt kommt und nicht alles zugeparkt ist?«

»Das war nicht immer so, früher war Vechta bettelarm – erst mit der verstärkten Tierzucht kam langsam aber gewaltig der Wohlstand über die Stadt.«

»Tierzucht – Vechta stinkt.«

»Mensch Gose, du hast ja heute wieder eine wunderbare Laune.« Sie beobachtete ihn aus den Augenwinkeln.

»Warum heute?« Demonstrativ schaute er aus dem Seitenfenster und grummelte etwas vor sich hin, das Maria nicht verstand.

»Früher war das Aroma wohl tatsächlich ein Wahrzeichen Vechtas, mittlerweile hat sich aber so eine vielfältige Wirtschaft angesiedelt, dass das lediglich Geschichte ist. Allerdings wird hier natürlich immer noch viel zu viel Fleisch produziert.«

»Ach, die Kampfveganerin kommt wieder durch.«

»Egal, lass uns eben etwas frühstücken, dann bist du vielleicht etwas genießbarer.«

»Das könnte tatsächlich funktionieren.« Mit schlechtem Gewissen nahm Maria die Probsteikirche wahr, an der sie gerade vorbeifuhren. Der große, rotgeklinkerte Kirchturm schien sie zu ermahnen – schon lange hatte Maria keinen Gottesdienst mehr besucht.

In der Nähe der Buchhandlung, die seit Jahrzehnten die Menschen zuverlässig mit neuen Werken und alten Klassikern versorgte, fanden sie einen Parkplatz. Die Kommissare setzten sich an einen Bistrotisch vor einem kleinen Café. Schräg gegenüber stand ein besonderer Blickfang. Es handelte sich dabei um ein lebensgroßes, bronzenes Modell eines Hannoveraner-Wallachs.

»Mit dem hat Alwin Schockemöhle in den 70ern olympisches Gold im Springreiten gewonnen«, klärte Maria ihren Kollegen auf.

»Springreiten? Ich kenn nur Teebeutelweitwurf.« Von ihrem Platz aus blickten sie auf das Karree vor der Sport-Bar, das sich langsam mit Menschen füllte. Gemeinsam hatten dort das ansässige italienische Restaurant, das Eiscafé und eben die Bar zahlreiche Tische und Sitzgelegenheiten für ihre Gäste aufgestellt, die das sommerliche Wetter genießen wollten. Einige Kinder spielten geräuschvoll am Brunnen neben dem Pferd. Bei belegten Brötchen und Milchkaffee ließen die beiden die bisherigen Ereignisse des Tages Revue passieren.

***

Als der letzte Bissen den Weg in Goselüschens Schlund gefunden hatte, begaben sich die beiden Cloppenburger Polizisten zur Dienststelle. Harald Scharnweber wartete bereits im lichtdurchfluteten Konferenzzimmer. Auf der weißen Kunststoffplatte des großen Tisches lagen einige Papierstapel mit den bisher gesammelten Informationen im Mordfall Müller verteilt. In der Ecke lief blubbernd die Kaffeemaschine und der Dampf des schwarzen Getränkes erfüllte den Raum mit dem typischen Polizeirevieraroma. Die vergilbten Tapeten könnten auch mal wieder etwas Farbe gebrauchen, dachte Maria. Sie fuhr sich mit der Hand durch ihre Haare, setzte sich und zog einen der Papierstapel zu sich heran.

»Boah, was ist das für `ne Brühe?« Angewidert verzog Goselüschen das Gesicht, nachdem er an seiner Tasse genippt hatte. Scharnweber musterte seinen Kollegen:

»So rot wie dein Kopf ist, solltest du eh etwas kürzer treten mit deinem Kaffeekonsum, sonst platzt er dir noch.« Er knuffte Goselüschen leicht mit dem Ellbogen in die Seite.

»Bevor mir der Kopf platzt, explodiert euer Pferd am Markt.« Mit der freien Hand täuschte er einen Boxhieb in Scharnwebers Nierengegend an, der sich in die Seite griff und theatralisch das Gesicht verzog.

»Können die Herren sich mal bitte mit dem Dienstlichen befassen?« Sie blätterte aufmerksam in ihren Unterlagen. »Die Ehefrau war überraschend kühl, als wir mit ihr gesprochen haben. Entweder hat sie sich so unter Kontrolle oder der Tod ihres Mannes trifft sie nicht sonderlich.«

»Von der Autopsie haben wir noch keine Information, die Spurensicherung hat auch abgewunken. Die letzten Tage sind da Tausende von Menschen langgelaufen. Da findest du nichts. Etliche Kippen und Fußabdrücke, die können unmöglich alle im Labor untersucht werden. Abgesehen davon, dass die da schon ewig rumgelegen haben können.«

»Das habe ich mir bereits gedacht. Haben die Kollegen auf dem Markt noch was herausgefunden?«

»Negativ. Entweder haben die Leute zur Tatzeit geschlafen oder sie waren besoffen.« Scharnweber lehnte mit dem Rücken an der Wand zwischen Tür und Kaffeemaschine.

»Befragt ihr die Söhne? Dann werden Gose und ich uns mal bei der Stadt umhören. Seine Frau meinte, ihr verstorbener Mann wäre recht streitbar gewesen.«

»Machen wir«, erwiderte Scharnweber. Plötzlich läutete das Telefon. Er trat an den Tisch und griff zum Hörer: »Scharnweber hier.« Während des kurzen Telefonats kritzelte er eifrig Notizen. »Ich danke Ihnen. Ja ... Sie haben was gut bei uns ... alles klar. Tschüss.« Maria Fortmann sah ihn fragend an:

»Oldenburg?«

»Jo, die haben sich richtig rangehalten. Also ...« Er schnappte sich seinen Block, rückte seine randlose Brille zurecht und las vor: »Todeszeitpunkt zwischen 4 und 6 Uhr, wie der Arzt bereits sagte. Todesursache ist Verbluten durch vierfachen Einstich im Bauchraum, wobei zweimal die Bauchaorta getroffen wurde. Der Tod muss wenige Minuten nach der Tat eingetreten sein. Gleichmäßige Einstiche, glatte Ränder, alle mittig um den Bauchnabel herum. Es muss sehr schnell gegangen sein. Das Tatwerkzeug ist mutmaßlich ein Fleischermesser mit stehender und mindestens 8 cm langer, einschneidiger Klinge. Saubere Einstiche – kein Herumdrehen der Klinge oder sonstige Spielereien. Zum Todeszeitpunkt lag sein Blutalkoholgehalt ungefähr bei 1,1 Promille.«

»Also war er noch einigermaßen fit. Und da nichts auf einen Kampf schließen lässt, muss er den Täter oder die Täterin gekannt haben, oder zumindest nicht argwöhnisch gewesen sein«, folgerte Maria und bewegte sich langsam in Richtung Korridor.

»Exakt. Auf die DNA-Ergebnisse und die vom LKA müssen wir natürlich noch ein paar Tage warten. Aber vielleicht können wir es ja vorher eintüten.«

»Dann man los.« Maria blieb in der Tür stehen und warf einen fragenden Blick auf den 10 Jahre älteren Goselüschen.

»Was? Darf ich nicht mal in Ruhe meinen Kaffee austrinken?« Marias Miene ließ kein Zögern zu. Er kippte den Rest ins Waschbecken, welches neben dem kleinen Tisch montiert war, stellte die Tasse ab und setzte seinen massigen Körper in Bewegung.

***

Gegen den Widerstand ihres Kollegen setzte sich Maria durch, die etwa fünfhundert Meter zur Stadtverwaltung zu Fuß zu gehen.

»Du weißt schon, dass die eine Parkgarage DIREKT unter dem Gebäude haben?« Goselüschen stand der Schweiß auf der hohen Stirn.

»Ein wenig Bewegung wird dir nicht schaden.« Sie grinste ihn an und beschleunigte unmerklich ihren Gang.

»Bist du meine Mutter? Oder mein Arzt?« Er keuchte bei dem Versuch, mit seiner schlanken Kollegin Schritt zu halten.

»Zu deinem Glück bin ich weder das eine noch das andere«, erwiderte sie lachend. Erleichtert stellte er fest, dass sich der Verkehr wieder normalisiert hatte. So mussten sie beim Überqueren der Großen Straße in der Nähe ihres Frühstückscafés warten, bis sie eine Lücke fanden.

Beim Betreten des Verwaltungsgebäudes ahnten sie bereits, dass sich der Tod von Johann Müller bis hierhin herumgesprochen hatte. In solchen Fällen ähnelte Vechta eher einem Dorf als einer Stadt – Sensationsnachrichten wie diese verbreiteten sich in Windeseile. So wirkte die Dame an der Informationstheke gegenüber des Haupteinganges auch wenig überrascht, als die beiden die Dienstausweise zückten und sich nach Johann Müller erkundigten.

»Das ist ja so unglaublich. Der Herr Müller war so ein freundlicher Mann. Ich kann das gar nicht fassen. Was genau ist denn passiert?« Die stämmige Frau mittleren Alters versuchte erst gar nicht, ihre Neugierde zu verstecken.

»Dazu dürfen wir nichts sagen, ansonsten müssten wir Sie hinterher töten.« Goselüschen sah ihr zwinkernd in die haselnussbraunen Augen und lächelte verschwörerisch. »In welcher Abteilung hat Herr Müller gearbeitet und wo ist sein Büro?« Die Dame kicherte, bevor sie antwortete:

»Ach Sie ... Herr Müller war Marktmeister. Sein Büro finden Sie dort den Gang runter, auf der rechten Seite, Zimmernummer 15.« Sie deutete auf den Flur zu ihrer Linken.

»Du hast echt `nen Knall«, sagte Maria auf dem Weg zum Büro.

»Jetzt bin ich mal freundlich und es ist auch nicht richtig. Was willst du eigentlich?« Die Tür seines Büros war verschlossen. Vom Rütteln an der Tür aufmerksam geworden kam ein schlanker, großer Mann Anfang 50 aus dem Nachbarbüro:

»Kann ich Ihnen helfen?« Er schob seine dunkelbraune Hornbrille auf dem Nasenrücken hoch. Unverhohlen musterte er Maria von unten bis oben.

»Das können Sie. Wir sind von der Kripo, es geht um Herrn Müller.« Er warf einen flüchtigen Blick auf ihre Ausweise und bat sie in sein Büro. Neben der Tür las Maria den Namen Paul Richter auf dem obligatorischen Schild.

»Das ist ja wirklich schrecklich, was da passiert ist. Wie kann ich Ihnen helfen?« Er bot den Polizisten Sitzplätze an und ließ sich anschließend auf seinen schwarzen Drehstuhl hinter dem mausgrauen Schreibtisch fallen.

»Herr Richter, richtig?« Der Angesprochene nickte. »Sie haben offensichtlich mit Herrn Müller zusammengearbeitet. Wann haben Sie ihn das letzte Mal gesehen?«

»Ja, wir arbeiteten zusammen im Marktausschuss. Und das kann ich Ihnen ganz genau sagen, Frau Kommissar. Ich bin heute Nacht um Punkt ein Uhr mit meiner Frau nach Hause gefahren. Vorher saßen wir zusammen mit Johann und einigen Kolleginnen und Kollegen im Weinzelt.« Er lehnte sich zurück und faltete seine Hände vor dem Bauch.

»Hielt sich seine Frau zu der Zeit noch dort auf?« Goselüschen hob den Kopf nicht, sondern starrte auf seinen Notizblock.

»Nein, die ist bestimmt ein oder zwei Stunden vorher gegangen. Wird sie verdächtigt?« Er beugte sich nach vorn, stützte sich auf die Ellenbogen und lächelte Maria an.

»Das sind Routinefragen, Herr Richter. Welche Kollegen waren noch mit dabei?« Will der jetzt mit mir flirten oder was?, dachte Maria. Das sollte er fein lassen – er war so gar nicht ihr Typ. Dennoch lächelte sie zurück. Um an gewünschte Antworten zu kommen, müsste man halt manchmal über seinen Schatten springen.

»Auch das kann ich Ihnen sagen, allerdings ist von denen heute niemand im Dienst.« Er zählte einige Leute auf, die Goselüschen notierte.

»Hatte Herr Müller irgendwelche Feinde?« Paul Richter zögerte kurz, dann erklärte er:

»Nun, Feinde ist wohl übertrieben. Aber er hat es schon verstanden, einigen Leuten auf die Füße zu treten.« Er lehnte sich wieder in seinem Stuhl zurück und verschränkte lässig die Hände hinter seinem Kopf.

»Könnten Sie das Wischiwaschi lassen und ins Detail gehen?« Goselüschen schaute ihn abermals nicht an. Leicht pikiert antwortete der Stadtbedienstete:

»Also gut. Er spielte seine Position gern aus, egal ob hier oder sonst wo. Wir im Marktausschuss haben jedes Jahr erneut kleine oder größere Scharmützel mit Bewerbern, denen wir eine Absage erteilen müssen. Und Johann war ... sagen wir mal ... nicht besonders sensibel.«

»Gibt es jemand Konkreten, an den Sie dabei denken?«, fragte Maria.

»Nicht direkt. In den vergangenen drei Jahren wurde insgesamt achtmal versucht, einen Standplatz auf dem Stoppelmarkt gerichtlich einzuklagen. Jedes Mal hat die Stadt den

Prozess gewonnen. Aber Johann hat gern in seiner Stammkneipe geprahlt, dass er entscheidet, wen er da rauf lässt und wen nicht. Wenn er was getrunken hatte jedenfalls.«

»Welche Kneipe ist das?«, wollte Goselüschen wissen.

»Die Sportgaststätte am Markt gegenüber vom Pferd.«

»Und was ist mit den Leuten, denen abgesagt wurde? Um wen handelt es sich dabei?« Goselüschen tippte ungeduldig mit dem Stift auf seinen Notizblock.

»Wir mussten bisher drei verschiedenen Personen ein Nein erteilen. Zwei davon halte ich für harmlos. Hans-Jürgen Kaufmann ist der einzige von denen, der ähnlich aufbrausend ist, wie Johann es war. Der versucht es seit Jahren, bekommt aber keinen Fuß auf den Boden, auch wegen Johann – oder besser gesagt, nur wegen ihm. Die kennen sich seit ihrer Kindheit und wie ich hörte, hat der Kaufmann ihm mal die Freundin ausgespannt. Das ist aber bestimmt über zwanzig Jahre her. Und ich glaube nicht, dass er zu so einer Tat fähig ist.«

»Hans-Jürgen Kaufmann? Der Besitzer vom Getränkegroßmarkt in der Oldenburger Straße?«

»Ja, Herr Kommissar. Und der Besitzer eines Hotels und einiger Einzelhandelsläden im Landkreis. Das mit dem Stoppelmarkt geht ihm, glaub ich, nur ums Prestige, Geld genug sollte er auch ohne ihn verdienen.«

»Danke fürs Erste. Wir melden uns, wenn wir Fragen haben. In einigen Minuten kommen Kollegen von uns, die sich Müllers Büro anschauen. Also lassen Sie es bis dahin verschlossen.« Sie stand auf und verließ mit ihrem Kollegen das Zimmer. Aus dem Augenwinkel sah sie eine junge Frau zwei Türen weiter schnell ins Büro rennen. Maria stutzte kurz, schüttelte den Kopf und ging weiter Richtung Ausgang.

»Das war ja wohl ein richtig nettes Kerlchen, unser Herr Müller.«

»Tja Gose, man kann den Leuten immer nur vor den Kopf gucken.«

***

Eine halbe Stunde später saß Goselüschen keuchend am Konferenztisch, während Maria für den Vechtaer Kollegen den Besuch bei der Stadtverwaltung zusammenfasste.

»Wir haben die Söhne erreicht. Jakob, den mit 21 Jahren älteren, haben wir in seiner Wohnung in Bakum aufgesucht. Er ist mit seiner Freundin bereits am frühen Abend vom Stoppelmarkt nach Hause gefahren. Den ein Jahr jüngeren Sohn, Martin, haben wir bei seiner Arbeitsstelle befragt. Er arbeitet in einer Gärtnerei oben beim ehemaligen Flugplatz. Laut eigener Aussage war er bis halb fünf heute Morgen mit Freunden auf dem Markt unterwegs. Wir überprüfen gerade seine Aussage. Beide nahmen es recht gelassen hin, als wir ihnen die Nachricht überbracht haben.« Maria konnte ihrem Kollegen die Betroffenheit anmerken. Man erlebte einiges im Polizeijob, aber solche Gleichgültigkeit beim gewaltsamen Tod eines Familienmitglieds, insbesondere bei allen Familienmitgliedern, ließ auch sie erschaudern. Und das in der beschaulichen und streng katholischen 33.000-Einwohner-Stadt Vechta, in der Scharnweber sein gesamtes bisheriges Leben verbracht hatte.

»Ich sag ja, der Müller muss ein liebenswertes Kerlchen gewesen sein«, warf Goselüschen ein. Maria Fortmann und Harald Scharnweber ignorierten ihn.

»Wir nehmen uns mal diesen Kaufmann vor, obwohl ich das Motiv doch für ziemlich dünn halte.« Sie sah zu Goselüschen, der mittlerweile den fünften Kaffee heute trank.

»Ich glaube, da kommt noch so einiges an dreckiger Wäsche ans Tageslicht.«

»Da bin ich ganz bei dir, Gose. Wir klappern dann mal die Kollegen von Müller ab, die auf eurer Liste stehen.« Scharnweber streckte sich, wodurch das grüne T-Shirt an seinem athletischen Körper spannte und seine Erscheinung noch einschüchternder wirken ließ, als es seine Größe von über 1,90 m sowieso schon tat. Goselüschen hingegen schien die imposante Erscheinung seines Kollegen gleichgültig zu sein. Er kippte den Rest seines Kaffees runter und verließ mit seiner Kollegin den Raum.

»Findest du nicht, dass Harry es ein bisschen übertreibt mit seinem Training?«, fragte Goselüschen beiläufig, als sie auf dem Flur entlangschlenderten. Maria warf ihm einen Seitenblick zu und wartete mit ihrer Antwort, bis sie den Parkplatz erreicht hatten. Kurz vor ihrem Wagen sagte sie:

»Ja, Gose, das sehe ich auch so.« Goselüschen sah sie erstaunt an:

»Wovon redest du?«

»Na, dass Harald zuviel trainiert. Das sieht auch echt nicht mehr schön aus: Man erkennt seine Muskulatur, diese schrecklichen breiten Schultern, und diese vitale Ausstrahlung erst – und hast du gesehen? Der hat nicht einmal einen Bauchansatz, du meine Güte!« Goselüschen verzog das Gesicht:

»Ach, halt doch einfach deine Klappe – mit dir kann man sich nicht normal unterhalten.«

Kapitel 4

Beim Getränkemarkt Kaufmanns erfuhren die beiden vom stellvertretenden Filialleiter, dass sie den Unternehmer bei ihm zu Hause in der Rolf-Dieter-Brinkmann-Straße antreffen würden. Er hätte sich den Dienstag freigenommen, weil er erfahrungsgemäß nach dem nassen Stoppelmarktmontag einen Ausnüchterungstag bräuchte. Wenige Minuten später hielten sie auf einer Zufahrt eines Hauses mit Reetdach, welches von der Größe her gern als Pension oder kleines Hotel durchgehen hätte können. Häuser dieser Größenordnung waren jedoch in Vechta, speziell in dieser Wohngegend nahe der Universität, keine Seltenheit. Der weiße Anstrich der Außenwände veredelte die Erscheinung des Anwesens zusätzlich. Um das Grundstück verlief ein fast zwei Meter hoher, blickdichter Zaun, das schwere Eisentor auf Rollen stand offen. Es roch nach Moos und Tannenzapfen, was von dem Wäldchen ausging, das das Grundstück einrahmte.

»Maria, wir haben definitiv den falschen Job.« Goselüschen pfiff anerkennend, während er den Blick über das Anwesen schweifen ließ.

»Ach komm, wer sollte das denn alles sauber halten?«

»Dafür gibt es Hauspersonal und Gärtner.«

»Dann lass dir am besten gleich von ihm ein paar Anlagetipps geben.« Sie drückte den verchromten Klingelknopf neben der großen, zweiflügeligen Massivholzeingangstür. Nach wenigen Sekunden erschien ein schmächtiger Mann im

Morgenmantel, seine wenigen verbliebenen, dunklen Haare waren kurzgeschnitten.

»Was wollt ihr?«, pampte er sie mit krächzender Stimme an. Maria stammte aus dieser Gegend, daher überraschte es sie nicht, wenn sie von Fremden geduzt wurde. Da es im Plattdeutschen kein Siezen gab und dieser Dialekt hier verbreitet war – manche sagten, es wäre eine eigene Sprache – war man hier schnell mal beim Du, unabhängig von Alter oder Status. Die Kommissare hielten ihm ihre Ausweise vor die Nase:

»Guten Tag, sind Sie Hans-Jürgen Kaufmann?«

»Polizei? Ja, wer sollte ich sonst sein? Hab ich falsch geparkt?« Maria stellte sich und ihren Kollegen vor, worauf der Unternehmer beide widerwillig ins Haus bat. Sie folgten ihm in die Küche, in der sicher fünf Köche gleichzeitig hätten arbeiten können. Er warf sich, ohne den Beamten einen Platz anzubieten, auf einen der ziemlich teuer anmutenden Designer-Küchenstühle. Durch ein gekipptes Küchenfenster pfiff ein Windzug herein, irgendwo im Haus müsste ein weiteres Fenster offenstehen.

»Wo waren Sie heute Morgen zwischen 3 und 6 Uhr?« Goselüschen hatte sich auf einen Stuhl ihm gegenüber gesetzt und wartete mit bereits gezücktem Bleistift auf die Antwort.

»Worum geht´s überhaupt? Zu Hause natürlich – glaube ich jedenfalls, ich war nicht mehr so ganz nüchtern.«

»Kennen Sie einen Johann Müller?«, fragte Maria.

»Klar kenne ich diesen Penner«, schnaubte er. »Hat der euch hergeschickt?«

»Herr Müller wurde heute Morgen tot aufgefunden. Er wurde ermordet.« Marias Ton blieb ruhig. Kaufmann wirkte zunächst überrascht, schnell wandelte sich sein Gesichtsausdruck jedoch in offene Erheiterung. Mit einem breiten Grinsen antwortete er:

»Das ist doch mal eine gute Nachricht am frühen Morgen.« Er unterdrückte ein Lachen.

»Es ist kurz nach Mittag. Finden Sie das unterhaltsam, wenn ein Mensch mutwillig zu Tode kommt?« Maria bemühte sich, nicht zu deutlich durchklingen zu lassen, wie angewidert sie war.

»Nein, bei einem Menschen nicht. Aber dieser feine Herr hat seit Jahrzehnten versucht, mir Knüppel zwischen die Beine zu werfen. Dem trauere ich keine Träne nach, das könnt ihr mir glauben.« Er stieß geräuschvoll die Luft aus.

»Wo waren Sie heute Morgen zwischen 3 und 6 Uhr?«, wiederholte Goselüschen seine Frage.

»Hab ich doch schon gesagt: zu Hause. Verdächtigt ihr mich etwa? Muss ich meinen Anwalt anrufen?« Für ihn schien die Sache immer noch ein Spaß zu sein.

»Das sind Routinefragen, Herr Kaufmann. Natürlich steht es Ihnen frei, sich einen Rechtsbeistand zu holen. Wann haben Sie Johann Müller zum letzten Mal gesehen?«, fragte Maria.

»Irgendwann die letzten Tage ist er mir auf dem Stoppelmarkt über den Weg gelaufen. Da sah er noch ziemlich vital aus, leider.« Ein Grinsen verriet, dass er sich über seinen Witz amüsierte.

»Kann jemand bezeugen, wann Sie heute Morgen hier waren?« Goselüschen starrte wie üblich auf seinen Zettel.

»Keine Ahnung, ich bin zu Fuß nach Hause. Meine Haushälterin kommt erst gegen 8 Uhr.« Maria wechselte einen kurzen Blick mit Goselüschen:

»Ok, das war´s erstmal. Halten Sie sich zu unserer Verfügung.«

»Ihr findet ja sicher allein raus.« Kaufmann goss sich einen weiteren Kaffee ein und starrte aus dem Fenster den Beamten hinterher, wie sie sein Grundstück verließen. Nachdenklich kratzte er sich an seinem unrasierten Kinn. Er trank einen Schluck, kippte den Rest in den Ausguss und ging ins Bad.

***

Maria schüttelte verständnislos den Kopf, während sie den Audi durch die Stadt lenkte:

»Sag mal, Gose, kommt das nur mir so vor, oder konnte den Müller hier niemand leiden?«

»Ich mag ihn.« Er grinste. »Nein, das scheint schon ein ziemlicher Arsch gewesen zu sein. Das macht es für uns jedoch nicht einfacher.«

»Was hältst du von Kaufmann?« Sie warf ihm einen Seitenblick zu.

»Er schien tatsächlich überrascht gewesen zu sein. Vielleicht hat er ihn aber auch im Vollsuff abgestochen.«

»Na klar, heutzutage läuft ja auch jeder mit einem Messer über den Stoppelmarkt, falls zufällig jemand vorbeikommt, den man gern abmurksen möchte.« Maria musste an ihre Kindheit und Jugend in Visbek zurückdenken, einen nur wenige Kilometer von Vechta entfernten Ort. Sie hatte schon immer ein gespaltenes Verhältnis zu diesem Volksfest. Bereits als Kind hatte sie sich nur ungern in Menschenmengen aufgehalten und in den Gängen und Zelten des Stoppelmarktes sorgten tausende Besucher dafür, dass sie sich eingequetscht wie eine Sardine in der Dose fühlte. Als im Teenageralter ihre Freundinnen und Freunde begannen, sich regelmäßig mit Haake-Beck und Korn-Cola die Kante zu geben, und tags drauf den Vollsten des letzten Abends zu feiern, gewann sie schnell Abstand vom übermäßigen Feiern. Zusätzlich erschwerte ihr die Leidenschaft für Leichtathletik, sich der typischen Lebensweise der Dorfjugend anzupassen. Vorglühen hieß für sie, ihre Muskeln auf den Wettkampf vorzubereiten und nicht, sich günstig vollzuballern, bevor sie auf den Stoppelmarkt oder eine andere Party ging. Wie hatte sie sich als 15-jährige gefreut, dass sie den zweiten Platz ihrer Altersklasse im Weitsprung bei den Niedersachsenmeisterschaften gewonnen hatte, dachte sie. Und wie stolz war ihre Mutter erst gewesen! Ihren Freudentanz hatte sie auch jetzt noch vor Augen. Wenige Wochen später war sie an den Folgen eines Krebsleidens gestorben. Die folgenden Jahre unterstützte sie ihren Vater und ihren kleinen Bruder, wo immer es ging. Nach dem Abitur bewarb Maria sich direkt bei der Polizei und seit mittlerweile über zehn Jahren verrichtete sie ihren Dienst bei der Kripo in Cloppenburg.

»Alles klar bei dir?«, riss Goselüschen sie aus ihren Gedanken. »Du guckst so verträumt in der Gegend rum.« Maria streckte sich und verstaute ihre Erinnerung wieder in einer Schublade.

»Ich war nur etwas abgelenkt.«

»Nun, ein richtiges Motiv sehe ich bei ihm nicht. Das Problem ist dieser verdammte Stoppelmarkt, da findest du kaum Zeugen, die nüchtern waren«, sagte Goselüschen.

Auf Bitten der Stadt hin, den Tatort möglichst schnell wieder freizugeben, damit der Volksfestbetrieb ungehindert weiterlaufen könnte, waren sie abermals dorthin unterwegs.

In knapp einer Stunde würden die Fahrgeschäfte und Verzehrbuden zum letzten Mal in diesem Jahr tausende Vergnügungssüchtige unterhalten. Später am Abend würde traditionell ein fantastisches Feuerwerk den diesjährigen Stoppelmarkt feierlich beenden.

»Nach dem Stoppelmarkt ist das Jahr krumm, sagen sie hier«, klärte Maria ihren Kollegen auf, der zwar bereits jahrelang in Cloppenburg, also Vechta-nah wohnte, ursprünglich aber aus dem ostfriesischen Emden stammte. EmDEN, wie er stets betonte. Den breiten, ostfriesischen Dialekt ließ er ansonsten nur nach Dienstschluss hören, nachdem ihm Maria vor Jahren im Spaß unter die Nase gerieben hatte, dass man ihn sonst bei einem Verhör einfach nicht ernst nehmen könnte.

»Also diesen Pfad schritt er ahnungslos entlang.« Sie ging leicht torkelnd den mutmaßlichen Weg des Opfers ab. Vom Marktgelände drang der Geruch gebrannter Mandeln in ihre Nase. »Man hat hier verhältnismäßig freie Sicht, also hatte er den Täter kommen sehen.« Sie drehte sich um, damit sie die Perspektive des Täters nachvollziehen konnte. »Auf der Seite ist das Maisfeld.« Sie zeigte zur anderen Seite. »Aber hier kannst du fast bis zum Busparkplatz gucken.« Eine aufkommende Windböe blies ihr die Haare ins Gesicht.

»Der oder die hat jedenfalls Eier, hier hätte jederzeit jemand auftauchen und die Tat beobachten können«, meinte Goselüschen.

»Falls er oder sie sich nicht im Feld versteckt gehalten hat, MUSS Müller den Täter gesehen oder gehört haben.«

»Oder er war geblendet von ihm.« Goselüschen zeigte auf den gekreuzigten Jesus, welcher schräg dem Tatort gegenüber auf der anderen Straßenseite auf die beiden hinabsah. Maria bedachte Goselüschen mit einer Scheibenwischer-Geste.

»Wenn wir davon ausgehen, dass der Täter alkoholisiert war, ist Selbstüberschätzung gut möglich. Hier hat er ihn erwischt.« Sie stach mit einem imaginären Messer viermal auf ein ebenfalls imaginäres Opfer ein. »Der Mann sackt zusammen und bleibt liegen. Der Täter packt ihn und zieht ihn hier ins Feld. Danach flieht er, aber wohin? Er hat das Messer noch und mit Sicherheit viel Blut an seinen Klamotten.«

»Wie das perfekte Verbrechen wirkt das nicht, so auf dem freien Feld«, sagte Goselüschen.

»Nun, vorausgesetzt, die Tat war geplant, muss der oder die Täterin selbst so lange auf dem Markt gewesen sein und Müller beobachtet haben.«

»Und dann noch schnell genug gewesen sein, um hier abzuchecken, dass keiner zusieht.«

»Gut, das war´s erstmal zur Rekonstruktion. Ich denke, wir können hier abziehen.« Maria griff nach dem Handy. Natürlich kein Empfang, dachte sie ärgerlich. Sie lief in Richtung des Hallenwellenbades. Nachdem der erste Balken auf ihrem Display erschien, teilte sie den Kollegen mit, dass sie bei der Stadt grünes Licht geben könnten. Sie schwangen sich in den Audi und verließen den Ort des Geschehens.

»Mal schauen, was Harald herausgefunden hat.« Sie bogen kurz darauf auf den Parkplatz von dem Dienstgebäude und parkten zwischen zwei Streifenwagen. Die Sonne brannte unerbittlich auf sie hinab. Besser spät als nie, dachte sich Maria, bisher war es eher die Karikatur eines Sommers hier im Oldenburger Münsterland. Vom Schulhof der Justus-von-Liebig Schule, der direkt neben dem Polizeigebäude lag, drang das Gelächter und Gekreische der Schülerinnen und Schüler zu ihnen, sie müssten wohl gerade große Pause haben.

***

Auf dem Weg ins Konferenzzimmer begegneten sie dem Dienststellenleiter Utz Friedrich. Maria hatte ihn in den vergangenen Jahren vielleicht zehn Mal getroffen und jedes Mal wirkte er wie auf der Flucht – ständig unter Stress. Das war sicher auch nicht gesund, dachte sich Maria. Und seine blasse Gesichtsfarbe machte es nicht besser.

»Moin, ihr beiden. Gut, dass ich euch treffe. Vielen Dank, dass ihr euch um diese Sache kümmert. Wir sind zur Zeit absolut am Limit.« Der untersetzte Mittfünfziger trug einen blonden Vollbart, der einen Kontrast zu seinem vollen, rotgelockten Haupthaar bot.

»Immer wieder gern«, entgegnete Maria Fortmann. Goselüschen nickte nur, während er ein grunzendes Geräusch von sich gab.

»Ich muss weiter, Einsatzbesprechung für heute Abend.« Er klopfte leicht auf Marias Schulter, sein herbes Aftershave stieg ihr in die Nase. Das benutzte Papa früher auch, kam ihr in den Sinn, worauf ihr unwillkürlich warm ums Herz wurde, auch wenn Utz Friedrich ihrem Vater optisch absolut nicht ähnlich sah. Der würde sich über das volle Haar freuen, dachte Maria, schließlich hatte er selbst mit Mitte zwanzig fast eine Vollglatze. Trotzdem gefiel ihr der Geruch.

»Tschau.« Sie gingen in entgegengesetzte Richtungen weiter.

»Immer wieder gern«, äffte Goselüschen seine Kollegin nach, als sie aus Hörweite waren.

»Ach Gose, das hier ist doch auf jeden Fall besser, als wegen einer Kneipenschlägerei in Cloppenburg ermitteln zu müssen«, sagte sie lächelnd.

»Na, habt ihr Spaß?«, fragte Harald Scharnweber. Maria hatte beim Betreten des Konferenzraumes noch ein breites Grinsen in ihrem Gesicht, wodurch sich zwei Grübchen in ihren Wangen gebildet hatten.

»Spaß? Im Dienst? Spinnst du?«, fragte Goselüschen mit erstauntem Gesichtsausdruck, worauf die anderen beiden ihr Lachen nicht mehr unterdrücken konnten. »Ja, ja, lacht ihr nur, ihr Knallköppe.« Darauf fiel er selbst in das Gelächter mit ein. Nach wenigen Minuten hatte sich die Stimmung beruhigt und die Ermittler besannen sich wieder auf ihren Fall.

»Der Kaufmann fand die Nachricht vom Tode Müllers offensichtlich unterhaltsam. Ein Alibi hat er nicht, wirkte jedoch sehr überrascht«, berichtete Maria.

»Er reiht sich ein in die Gruppe der vielen Fans des Opfers«, fügte Goselüschen hinzu und zog seine Augenbrauen hoch.

»Überrascht mich nicht«, erwiderte Scharnweber. »Von den vier Leuten auf deinem Zettel haben wir drei bisher erreichen können. Diese sind gegen 4 Uhr gemeinsam mit dem Bus abgefahren. Sie wohnen alle auf dem Hagen. Auch bei denen hielt sich die Trauer in Grenzen. Sie waren am Schluss zusammen mit Müller im Stierbräu-Zelt.«

»Und der Vierte?«, fragte Maria.

»Tja, den haben wir noch nicht erwischt. Walter Reimann, 55 Jahre alt, wohnhaft in Telbrake. Laut Aussage der anderen drei ist er quasi das Bindeglied zwischen Müller und den Kollegen gewesen. Er soll der einzige sein, der gut mit dem Opfer klar kam. Und er war zum Schluss mit ihm zusammen.«

»Also könnte Walter Reimann unser Trumpf sein.«

»Richtig, Maria, möglicherweise ist er der Letzte, der das Opfer lebend gesehen hat ... außer dem Täter natürlich.«

»Er lebt allein. Seine Mutter wird bei Pro Vita gepflegt, einer Senioreneinrichtung in der Oyther Straße. Er hat Urlaub heute. Momentan wissen wir nicht, wo er sich aufhält. Sein Handy ist ausgeschaltet. Aber wir bleiben dran.«

»Ja, den müssen wir schleunigst finden. Ist sein Wagen zu Hause?«

»Die Garage ist verschlossen und fensterlos. Kann ich dir also nicht sagen, Gose. Ach, und bevor ich es vergesse: Das Labor aus Oldenburg hat angerufen. In der Unterwäsche des Opfers sind Spermaspuren gefunden worden. Er hatte demnach in den Stunden vor seinem Tod noch etwas Spaß.«

»Na, so kannste von der Welt gehen.«

»Boah, Gose, du bist ekelhaft.« Maria schüttelte den Kopf, so dass ihre langen blonden Haare hin und her flogen.

»Was denn?« Hilfesuchend schaute er zu Scharnweber, der sich nur die Hand vor die Augen hielt.

»Da sollten wir wohl noch ein Gespräch mit Frau Müller führen«, bemerkte Maria.

»Es wäre auch nicht schlecht, wenn wir die Tatwaffe finden würden.« Das Gesicht Goselüschens strahlte in kräftigem Rot.

»Wir haben das Gebiet mehrfach erfolglos durchkämmt, alle Mülleimer und Hecken abgesucht. Der Helikopter hat nichts zum Vorschein gebracht und der Hund war ebenfalls erfolglos. Das Messer kann sonst wo sein. Vielleicht finden wir es erst, wenn die Maisfelder abgeerntet sind ... oder auch gar nicht.«

Maria warf einen Blick auf ihre neongelbe Swatch-Uhr:

»Gleich 14 Uhr, versuchen wir in den Zelten unser Glück.«

»Das trifft sich gut, ich hab eh einen Mordshunger. Harry, ihr bräuchtet hier eine Kantine.« Scharnweber winkte lächelnd ab.

»Dann würdest du hier gar nicht mehr rauskommen.«

Wenig später stellten sie den Wagen auf einer als Parkplatz genutzten Weide am Visbeker Damm ab.

»Das war jahrelang mein Schulweg, als ich auf der ULF war.«

»Auf dem Ulf, meinst du wohl?«

»Ha ha, sehr witzig, mein Lieber. Unsere Liebfrauenschule, mein Gymnasium. Nur Mädels.« Sie zwinkerte ihn an.

»Gruselige Vorstellung.« Sie bogen gerade bei der Kneipe um die Ecke ein und sahen bereits das Willkommensschild, welches in einigen Metern Höhe über der Straße angebracht worden war. Von Weitem dröhnte ihnen die laute Musik von

Krake, Autoscooter und ähnlichen Fahrgeschäften entgegen. Die Gänge zwischen den Buden und Zelten füllten sich zusehends, der Geruch von Zuckerwatte, gebrannten Mandeln und allerlei anderer süßer Köstlichkeiten mischte sich mit dem von Pizza, Bratwurst und diversen weiteren deftigen Leckereien. Maria hätte sich nicht darüber gewundert, wenn ihr Kollege einem Zombie gleich mit offenem Mund und sabbernd einen Stand nach dem anderen durchprobiert hätte. Goselüschen begnügte sich jedoch mit einem Spießbratenbrötchen.

»Willscht mal abbeischn?« Goselüschen hatte den Mund voll und hielt ihr das angebissene Brötchen hin.

»Geh mir weg damit, du weißt genau, dass ich Pescetarierin bin.« Maria verzog das Gesicht. Seit einer Ermittlung vor einigen Jahren, die sie mehrfach direkt mit Betrieben der Massentierhaltung konfrontierte, war ihr der Appetit auf Fleisch gründlich vergangen – einzig ihren geliebten Fisch schaffte sie nicht, von ihrem Speiseplan zu verbannen.

»Ach, isch daschte, du hättescht diesche Krankheit langscham überschtanden.« An seinem Kinn lief ein Tropfen Fett hinunter.

»Boah Gose, warst du eigentlich schon immer so eklig oder hattest du Unterricht?«

»Isch hatte Unterrischt«, antwortete er, wobei ein paar Brocken Fleisch aus seinem Mund fielen. Sie bildeten seit mittlerweile zwei Jahren ein Team, aber an einige Dinge würde sie sich wohl nie gewöhnen, dachte sie noch, da bemerkte er:

»Da vorne ist es. Warum heißt es eigentlich Stierbräu?« Mittlerweile hatte er seine Mahlzeit beendet.

»Die meisten Zelte hier haben auch einen Gastrobetrieb in der Stadt oder im Umland. Und an der Kneipe Stierbräu sind wir bereits vorbeigekommen. Woher der Name genau kommt, weiß ich nicht. Der Inhaber, Pablo, stammt aus Chile – vielleicht besteht darin der Zusammenhang.«

»Ja klar, die wilden chilenischen Stiere genießen Weltruhm«, merkte er spöttisch an.

Lediglich drei Gäste befanden sich im Zelt, welches wie fast alle an zwei Seiten einen Zugang hatte. Zwei junge, weibliche Bedienungen in schwarzen T-Shirts sorgten hinter dem Tresen dafür, dass die durstigen Gäste schleunigst versorgt wurden.

»Hatten Sie letzte Nacht Dienst hier?«, fragte Maria die dunkelhaarige Bedienung.

»Nein, aber Christina hat gestern gearbeitet.« Sie nickte in Richtung ihrer blonden Kollegin, die gerade mit dem Spülen von Biergläsern beschäftigt war.

»Ja, ich war bis um 5 Uhr heute Morgen hier«, bestätigte Christina. Maria und Goselüschen zeigten ihre Ausweise, worauf sie erstaunt die Augenbrauen hochzog. Maria nahm ein Foto des Opfers aus ihrer Handtasche und zeigte es dem Mädchen:

»War dieser Mann gestern hier?« Christina schaute sich das Bild an und überlegte kurz:

»Wissen Sie, wie viel hier abends los ist? Zeigen Sie nochmal, bitte.« Nach erneuter genauer Betrachtung des Fotos antwortete sie: »Ja, an den erinnere ich mich. Stand mit einigen anderen da vorn.« Sie wies auf das andere Ende der Theke.

»Wissen Sie noch, wie lange er ungefähr hier war?«

»Ab wann er hier war, kann ich nicht sagen. Soweit ich weiß, war er noch fast bis zum Schluss hier. Bin mir aber nicht absolut sicher.«

»Ist Ihnen im Zusammenhang mit ihm irgendetwas aufgefallen?«

»Na ja, außer, dass er jede weibliche Bedienung angegraben hat, nichts. Aber das ist für uns nichts wirklich Ungewöhnliches.«

»Danke für Ihre Auskunft.«

»Da nicht für.« Sie beschäftigte sich wieder mit dem Abwasch.

»Ich könnte etwas essen«, sagte Goselüschen. Sie hatten sich mittlerweile auf den Weg Richtung Tatort gemacht. Maria verkniff sich eine Antwort.

»Wenn er den kürzesten Weg genommen hätte, wäre er am Tatort vorbeigekommen. Aber wenn er vorher noch woanders gewesen ist? Das größte Zelt ist das Niedersachsen-Zelt, da trifft man wahrscheinlich zu später Stunde am ehesten noch jemanden – oder in der Wunderbar. Das würde mit der Route jedoch nicht passen.« Sie runzelte die Stirn. »Ich habe eine Idee, komm mit.«

Einige Minuten später saßen beide in luftiger Höhe über dem Jahrmarkt im Riesenrad.

»Von hier haben wir zwar einen guten Ausblick, aber das hilft uns nicht wirklich weiter. Außerdem hab ich Hunger.«

»Ich denke, es kann nicht schaden, wenn wir uns mal etwas Wind um den Kopf wehen lassen. Und du hast doch gerade erst ein halbes Schwein vertilgt.«

***

Nachdem Goselüschen sich einen Hotdog und eine doppelte Portion Champingnonpfanne gegönnt hatte, waren sie wieder zur Dienststelle zurückgekehrt, wo Harald Scharnweber bereits mit neuen Informationen wartete.

»Die Kollegen haben sich im Büro des Opfers und bei ihm zu Hause umgesehen. Außer einer Lebensversicherung über 250.000 Euro zu Gunsten der Witwe haben sie bisher nichts Wesentliches entdecken können.«

»Wie steht es wirtschaftlich um das Ehepaar Müller?« Scharnweber blätterte durch seine Aufzeichnungen:

»Ein paar Hypotheken auf das Eigenheim, ansonsten sowohl Girokonto als auch Sparverträge gut gefüllt. Geldsorgen haben sie offensichtlich nicht.«

»Habt ihr den Reimann mittlerweile aufgetrieben?«

»Nein, Gose, der ist weiterhin verschollen.«

»Dann macht mal Dampf.«

»Wir sind personell nicht in der Lage, jetzt eine Großfahndung nach einem vermeintlichen Zeugen durchzuführen, mein lieber Freund.« Er blickte etwas vorwurfsvoll auf seinen Kollegen hinunter.

»Das wissen wir doch, Harry – Gose, fahr mal runter.« Sie blickte streng zu ihm rüber, während er sich einen Kaffee eingoss. »Wir werden Frau Müller nochmal einen Besuch abstatten. Kommst du, Gose?«

»Selbstverständlich.« Er seufzte. »Ach, Harry, weiß die Oldenburger Volkszeitung schon Bescheid?«

»Ja, die berichten in der morgigen Ausgabe drüber mit der üblichen Bitte um sachdienliche Hinweise. Einen Aufruf über Facebook haben wir gerade gestartet.«

Wenig später standen Goselüschen und Maria abermals vor der Haustür der Müllers. Nach drei vergeblichen Klingelversuchen hatten die Kommissare aufgegeben und wollten gerade in den Wagen steigen, als eine etwas krächzende Stimme von Gegenüber zu ihnen drang:

»Die ist nicht zu Hause.« Die beiden blickten zu der etwa 70-jährigen Frau, die gerade dabei war, ihre Hecke vom Unkraut zu befreien.

»Was Sie nicht sagen«, erwiderte Goselüschen.

»Sie sind doch von der Kripo, richtig? Das ist ja eine schlimme Geschichte mit dem Herrn Müller.«

»Ja, wir sind von der Polizei. Haben Sie Frau Müller wegfahren sehen?«

»Die ist vor zwei Stunden oder so los. Von der Sache hab ich erst kurz danach erfahren, als meine Freundin Elisabeth mich anrief. Die wohnt am Stoppelmarkt, wissen Sie?«

»Woher ...«

»Lass gut sein, Gose«, unterbrach ihn seine Kollegin. »Was war Herr Müller für ein Mensch? Also so als Nachbar.« Maria ging zu ihr auf die andere Straßenseite. Die ältere Frau schaute sich nach allen Seiten um. Als sie sicher war, dass sie niemand hörte, begann sie in verschwörerischem Ton:

»Na ja, der war ein ziemlich unfreundlicher Mensch. Hat hier in der Nachbarschaft schon fast jeden verklagt wegen irgendwelcher Kleinigkeiten. Typisch Beamter halt.«

»Und seine Frau?«

»Ach, die Birgit. Das ist eine herzensgute, liebe Frau. Die hat gar keinen Mann verdient, der sie so besch ...« Sie hielt über sich selbst erschrocken die Hand vor den Mund.

»Der sie so was?«, fragte Goselüschen, der jetzt ebenfalls bei ihr stand.

»Aber von mir haben Sie das nicht: Der hat seine Frau nach Strich und Faden betrogen, vor dem war kein Rockzipfel sicher. Das sagen jedenfalls alle. Er war vor ein paar Jahren auch mal mit einer seiner Gespielinnen zusammengezogen. Hat eiskalt die ganze Familie sitzen lassen. Deswegen wollen seine Jungs auch nichts mehr mit ihm zu tun haben.«

»Vielen Dank, Sie haben uns sehr geholfen«, sagte Maria und kurz darauf saßen die beiden im Wagen. Goselüschen verrenkte sich stöhnend, um den Sicherheitsgurt zu erreichen.

»Und was machen wir nun?«, fragte er, nachdem der Gurt mit einem Klicken eingerastet war.

»Das weiß ich auch nicht«, antwortete sie und fuhr los.

»Dieser Müller war definitiv ein richtiges Früchtchen. Wenn es nach Antipathie ginge, hätten wir schon mindestens fünf Leute, die als Täter in Frage kämen. Aber ein richtiges Motiv fehlt bisher bei allen.«

»Ja«, stimmte sie zu. »Ich hoffe, die Kollegen finden diesen Reimann bald. Der kann hoffentlich etwas Licht ins Dunkel bringen.«

***

Beim zweiten Versuch hatten die Beamten Glück und trafen Birgit Müller zu Hause an. Sie sah im Vergleich zum Morgen schon etwas frischer aus, eine Dusche hatte wohl Wunder gewirkt. Sie trug Jeans und ein schlichtes Shirt, wodurch ersichtlich wurde, dass sie eine sehr zierliche Person war.

»Kommen Sie herein«, sagte sie und ging in das Wohnzimmer voraus.

»Unsere Kollegen fanden eine Lebensversicherungspolice über eine Viertelmillion Euro zu Ihren Gunsten. Wussten Sie davon?«, fragte Maria, nachdem sie es sich auf demselben Platz gemütlich gemacht hatte, wie heute Morgen.

»Selbstverständlich weiß ich das, wir haben auch eine auf mich in derselben Höhe abgeschlossen«, antwortete Birgit Müller, ohne eine Miene zu verziehen. »Wir haben keine Geldsorgen, falls Sie darauf hinauswollen. Das Haus ist fast abbezahlt und ich verdiene als Angestellte beim Landkreis auch nicht schlecht.«

»Wir müssen das fragen«, sagte Maria ruhig.

»Das ist mir klar, ich antworte auch nur.«

»War Ihre Ehe glücklich?«, fragte sie weiter.

»Was? Ja sicher, wie bei jedem halt. Mit Höhen und Tiefen.«

»Bei Ihrem Mann wurden Spermaspuren in der Unterwäsche gefunden«, warf Goselüschen trocken ein. Kurz rang Birgit Müller um Fassung und sah aus dem Fenster:

»Ich glaube ja nicht, dass Sie das etwas angeht, aber ja, wir hatten gestern Abend Sex.«

»Auf dem Stoppelmarkt?«, fragte er nach. Sie schaute ihm direkt in die Augen.

»Das ist doch auf dem Stoppelmarkt nichts Ungewöhnliches, da verschwindet man kurz hinters Zelt und ist nach zehn Minuten wieder bei seinen Leuten.« Birgit Müller sprach in einem Ton, als würde sie gerade den Ablauf eines Waschganges von Buntwäsche beschreiben.

»Wie war das Verhältnis Ihrer Söhne zu ihrem Vater?«

»Sie stellen seltsame Fragen«, antwortete sie mit versteinertem Gesicht. »Kein besonders Gutes. Er hat sich ihrer Meinung nach nie genug um sie gekümmert. Und aus ihrer Sicht haben die beiden auch recht. Johann schaffte es nur selten, zu einem Elternabend oder zu einem Fußballspiel der beiden zu gehen. Er war ja auch immer sehr beschäftigt. Nun, jedenfalls fanden unsere Jungs nie einen richtigen Draht zu ihrem Vater – oder er zu ihnen. Deswegen sind sie auch sehr früh ausgezogen.«

»Hat er sich denn genug gekümmert, Ihrer Meinung nach?«

»Haben Sie Kinder und einen Mann, Frau Kommissar?«

»Weder das eine noch das andere.« Birgit Müller atmete tief durch, dann sprach sie mit leiser Stimme:

»Nun, er ist halt in seinem Beruf sehr ausgelastet gewesen, viele Überstunden und Weiterbildungen außer Haus. Da bleibt so manches auf der Strecke.«

***

Nachdem sie telefonisch ihre Informationen mit Harald Scharnweber abgeglichen hatten, machten die Beamten sich auf den Weg nach Cloppenburg.

»Und du willst wirklich auf das Brillant-Feuerwerk verzichten?« Er warf demonstrativ seine Arme nach oben, während er Knallgeräusche von sich gab.

»Lass mich mit dem romantischen Quatsch in Ruhe, Gose. Ich hab für heute genug vom Stoppelmarkt. Morgen ist das zum Glück vorbei.«

»Harry meldet sich, wenn er etwas erfährt?«

»Ja, sobald dieser Reimann auftaucht oder ein Zeuge sich meldet, funkt er uns an.« Als sie in Schneiderkrug-Bühren bei McDonalds vorbeikamen, bemerkte Maria den sehnsüchtigen Blick ihres Kollegen:

»Du kannst doch unmöglich noch Hunger haben?!«

»Wenn du wüsstest, wie viele Kalorien ich zu mir nehmen muss, um diesen prächtigen Körper zu versorgen.« Er klatschte sich lachend auf seinen recht ansehnlichen Bauch.

»Wenn du deinen prächtigen Körper mal etwas in Form bringen würdest, könntest du vielleicht mal mit mir Schritt halten.«

»Du verstehst das nicht: Ich gehe nur langsamer, damit ich mir die Details in der Umgebung besser einprägen kann.«

»Ach so, und du atmest deswegen so laut dabei, damit du dich von den Geräuschen in der Umgebung nicht ablenken lässt?« Sie prustete los.

»Ach, halt die Klappe, du Hungerhaken.« Den Rest der Fahrt beschäftigte sich Maria gedanklich mit dem Fall. Goselüschen hingegen dachte vornehmlich daran, was er zu Abend essen würde. Wenig später erreichten sie Cloppenburg.

»Ich hol dich gegen 7 Uhr ab. Gute Nacht, Gose.« Er wuchtete sich aus dem Wagen.

»Bis Morgen«, sagte er und schlug die Beifahrertür zu. Kurz sah er dem wegfahrenden Audi mit seiner Kollegin hinterher, dann blieb er einen Moment vor dem Komplex stehen, der an die Plattenbauten der Siebziger erinnerte. Die Straßenlaternen entlang der Sevelter Straße sprangen gerade an, die Dämmerung hatte vor einigen Minuten eingesetzt. Er vermisste sein Haus und er vermisste seine Ex-Frau. »Hör auf, dich zu bemitleiden«, sagte er zu sich selbst und machte sich auf in sein schlichtes 2-Zimmer-Appartement im dritten Stock.

Der gute Gose würde wieder eine einsame Nacht vor sich haben, dachte sie noch, als sie den Wagen durch die Stadt in Richtung Osten lenkte. Aber sie hatte ihre eigenen Probleme, darum müsste sie sich auch selbst kümmern. Ein erster Erfolg wäre schon, endlich mal wieder durchzuschlafen – es wäre einfach göttlich, nicht den ganzen Tag gegen die Müdigkeit ankämpfen zu müssen. Der Job forderte sie so schon genug. »Hör auf zu jammern, Maria«, sagte sie sich selbst. Zehn Minuten später und drei Kilometer weiter parkte Maria den Wagen in der Garage, die direkt an ihren kleinen Bungalow anschloss. Bisher hatte sie den Erwerb ihrer Immobilie vor drei Jahren keine Sekunde bereut. Lediglich die Straße am Galgenmoor trennte sie vom kleinen See, der denselben Namen trug. Hier verbrachte sie gerne ein paar freie Minuten, indem sie sich ans Ufer setzte, die meist ruhige Wasseroberfläche betrachtete und ihren Gedanken nachhing. Kaum im Haus flogen ihre Schuhe in die Ecke und sie stellte ihre Handtasche auf der grauen Kommode unter ihrem Garderobenspiegel ab. Welch Wohltat für meine Füße, stellte sie fest, als sie über die kühlen, terracottafarbenen Fliesen des Flures in die Küche tippelte. Der Kühlschrank gab nicht viel her, doch da sie kaum Hunger hatte, verzog sie sich mit einem Joghurt und einer Tasse Pfefferminztee auf ihr Sofa. Es dauerte nicht lange, bis Pinky, ihr schwarz-weiß-gestreifter Kater, auf ihren Schoß sprang und seine Streicheleinheiten einforderte. Während sie das flauschige Fell des Tieres kraulte und ihren Joghurt aß, dachte sie weiter über diesen seltsamen Fall nach. Abzuschalten fiel ihr an solchen Tagen äußerst schwer. Natürlich hatte sie während ihrer gesamten Dienstzeit zahllose Leichen gesehen, die eines natürlichen oder unnatürlichen Todes gestorben waren. Doch sie konnte das nicht einfach in eine geistige Schublade stecken und gut verstauen – die Bilder der Toten verfolgten sie meist ein bis zwei Tage, danach verblassten sie langsam und nach einigen Tagen waren sie in der Regel verschwunden. Andererseits hatte es den Vorteil, dass ihr nur äußerst selten für die Aufklärung ihrer Fälle wichtige Details an den Leichen entgingen. Oft war sie nachts aus dem Schlaf geschreckt und ein genau solches fiel ihr ein. Doch jetzt wollte Maria einfach nur abschalten und sich um sich selbst kümmern. Sie zappte eine Stunde durch das TV-

Programm. Aber weder die Nachrichten noch der Anfang des romatischen Filmes mit *Hugh Grant* und *Julia Roberts* konnte sie heute fesseln und sie wurde schnell müde. Bevor Maria unzufrieden ins Bett ging, stellte sie dem schnurrenden Pinky noch etwas zu fressen hin. Wenig später schlief sie ein.

Nach einer unruhigen Nacht schreckte Maria vom Lärm ihres Weckers hoch. Feindselig starrte sie die schwarzen Zeiger an, die sie wissen ließen, dass es gleich sechs Uhr schlagen würde. Widerwillig rollte sie sich aus dem Bett und schleppte sich unter die Dusche. Der automatische Kaffeeautomat begann wie von Geisterhand, zischend ihren morgendlichen Espresso herzustellen. Sie fütterte ihren Kater, nachdem er bereits penetrant auf sich aufmerksam gemacht hatte, als Maria sich noch im Bad abtrocknete, während sie selbst hastig ihren Kaffee und einen Käsetoast im Stehen hinunterschlang.

Goselüschen sah erstaunlich frisch aus, als sie ihn eine dreiviertel Stunde später von seiner Wohnung abholte.

»Moin, mein Lieber«, begrüßte Maria ihren Kollegen, der sich umständlich in den Audi zwängte.

»Moin, Maria, du siehst scheiße aus.« Er bestätigte das, was sie vorhin im Spiegel ebenfalls gesehen hatte – verdammte Schlafstörungen, dachte sie.

»Herzlichen Dank, Gose. Wer solche Freunde wie dich hat, der ...«

»Im Ernst, du solltest das mal abchecken lassen. Du hast doch seit Monaten nicht mehr ordentlich geschlafen.« Maria musste ihm innerlich beipflichten, an ihre letzte erholsame Nacht konnte sie sich nicht mehr erinnern. Das würde sie aber nicht mit Goselüschen besprechen und erst recht nicht im Dienst.

»Ich kümmere mich in meinem Urlaub drum.«

»Aus Vechta nichts Neues?«, fragte er nach einer kurzen Pause.

»Nein«, antwortete sie knapp. Sie fuhren auf der B72 Richtung Schneiderkrug. Goselüschen sah aus dem Fenster. Die größtenteils abgeernteten Felder, durch welche sie die Straße führte, wurden hin und wieder von einzelnen Höfen oder kleinen Siedlungen unterbrochen. Die ebene Landschaft wirkte beruhigend auf ihn. Ähnlich wie in seiner ostfriesischen Heimat gab es auch hier im Oldenburger Münsterland (früher nannte man es Südoldenburg, aus Prestigegründen wurde es jedoch vor einigen Jahren umbenannt) unglaublich viel Gegend. Man konnte morgens sehen, wer abends zu Besuch kam, hieß es. Lediglich die vielen Windkraftungetüme und der meist frische Nordseewind fehlten hier im Gegensatz zu Emden. Aber Goselüschen vermisste diese nicht. Alles war gut, außer Gebirge, sagte er sich. Und dass Maria ihn morgens nicht vollquatschte und auf Biegen und Brechen Smalltalk betrieb, gefiel ihm ebenfalls außerordentlich. So verlief die restliche Autofahrt bis zur Dienststelle in Vechta für beide angenehm ruhig.

»Moin, ihr beiden. Gut, dass ihr da seid. Wir haben vor einigen Minuten Besuch bekommen.« Maria und Goselüschen erwiderten den Gruß und schauten Harald Scharnweber fragend an.

»Unser Vermisster ist aufgetaucht, Reimann. Er wartet hinten in Raum 14.«

»Hast du ihn schon befragt?«, wollte Maria wissen.

»Nein, er ist gerade erst angekommen. Wir haben ihn direkt durchgeschickt.«

»Gibt´s da eine Kaffeemaschine?«

»Nein, Gose. Aber weil du es bist, bring ich dir gleich einen, oder besser `ne ganze Kanne.«

»Du bist ein Schatz, Harry. Dessen bist du dir hoffentlich bewusst.« Goselüschen klimperte mit den Wimpern.

»Ja, und du bist sonderlich. Aber das weißt du ja selbst.« Maria schmunzelte wegen des Dialoges der beiden in sich hinein. Unterdessen hatten sie den Verhörraum erreicht.

Walter Reimann wirkte in dem karg eingerichteten Zimmer etwas verloren.

»Herr Reimann, Sie wissen, warum wir Sie sprechen wollen?«, fragte Maria, nachdem sie sich und Goselüschen vorgestellt hatte.

»Ich kann es mir denken. Heute Morgen im Büro gab es ja kein anderes Thema. Und es war mir nicht möglich, bis zu meinem Arbeitsplatz durchzukommen – auf dem Weg dahin haben mir bereits drei Kollegen mitgeteilt, dass ich mich hier melden soll.« Er sprach mit leiser, nervöser Stimme, die gar nicht zu seinem Äußeren passen wollte. Er überragte die ihm gegenüber sitzende Maria deutlich und brachte ihrer Schätzung nach mindestens zwei Zentner auf die Waage.

»Wo waren Sie gestern den ganzen Tag?«, fragte Goselüschen schroff. Er hatte den Stift bereits gezückt und wartete.

»Ich bin um 9 Uhr mit dem Zug nach Cuxhaven gefahren. Das mache ich seit Jahren am Stoppelmarkts-Dienstag.«

»Warum hatten Sie ihr Handy ausgeschaltet?«

»Was? Ach so, Sie haben versucht, mich darüber zu erreichen? Herr Kommissar, mein Handy schalte ich vielleicht drei oder vier Mal im Jahr überhaupt an. In meinem Alter muss man sich nicht ständig überwachen lassen.« Der 54-jährige lächelte leicht. Auf seiner hohen Stirn bildeten sich erste Schweißperlen.

»Sie sind möglicherweise der Letzte, der Johann Müller lebendig gesehen hat. Erzählen Sie mal«, forderte Goselüschen ihn auf.

»Wir waren die meiste Zeit mit unseren Kollegen unterwegs, erst im Weinzelt, später im Stierbräu. Zum Schluss bin ich mit Müller noch im Niedersachsenzelt gewesen.«

»Mit welchen Kollegen waren Sie zusammen?« Reimann zählte die den Ermittlern bekannten Namen auf.

»Wir haben gehört, dass Herr Müller kein einfacher Zeitgenosse war, Sie jedoch mit ihm befreundet gewesen sein sollen«, fragte Goselüschen.

»Nun, ich war sein Ausbilder, als er damals bei der Stadt angefangen hatte. Und mir gegenüber hat er sich stets respektvoll verhalten. Befreundet war ich nicht mit ihm, aber wir hatten ein ungestörtes Verhältnis. Hin und wieder musste ich die Wogen glätten, wenn er mal wieder mit jemandem aneinandergerasselt war.«

»Kam das häufiger vor?«

»Na ja, ich war ja nicht immer dabei. Aber er hatte schon einen Hang dazu.«

»Können Sie bestätigen, dass Herr Müller und seine Frau Birgit sich für einige Zeit von der Gruppe im Weinzelt abgekapselt haben?« Reimann starrte Goselüschen an, als ob er ein Gespenst gesehen hätte.

»Wie meinen Sie das?«

»Nun, laut Aussage von Frau Müller hatten sich beide für ein kleines ‚Abenteuer' hinter dem Zelt zurückgezogen.« Reimann schüttelte seufzend den Kopf.

»Die gute Birgit. Keine Ahnung, warum sie sowas erzählt. Wenn jemand mit ihrem Mann hinter dem Zelt war, dann sicher nicht sie. Johann war sehr, sagen wir mal, umtriebig. Und warum auch immer, er kam bei den Frauen an. Sie standen irgendwie auf ihn. Man sagt wohl nicht umsonst, dass Frauen Mistkerle vorziehen.«

»Mit wem war er denn sonst hinter einem Zelt?«

»Das kann ich nicht genau sagen. Herumgeknutscht hat er jedenfalls, mit einer, die ich nicht kannte, als seine Frau fort war. Im Niedersachsenzelt war er auch mit einer beschäftigt, dann kam aber die Sache mit dem Kaufmann dazwischen.«

Maria und Goselüschen wurden sofort hellhörig:

»Hans-Jürgen Kaufmann?«

»Ja, Frau Kommissar. Die beiden konnten sich auf den Tod nicht ausstehen. Wo der auf einmal herkam, weiß ich nicht mehr. Jedenfalls standen sie sich auf einmal gegenüber und packten sich am Kragen. Ich hab sie getrennt und bin dann direkt mit dem nächsten Bus nach Hause. Das hatte mir den Rest gegeben.« Goselüschen und Maria sahen sich an, dann wandte sie sich an Reimann:

»Also hielt sich Müller noch im Niedersachsenzelt auf, als Sie gegangen sind?«

»Ja. Ich bin dann los, hab ein paar Stunden geschlafen und bin dann mit dem Zug von Diepholz nach Cuxhaven gefahren. Von da aus ist die Verbindung besser.«

»Fällt Ihnen jemand ein, der seinen Tod gewollt haben könnte?« Reimann schien zu überlegen:

»Er war zwar manchmal ein Schwein, aber ob ihm wegen seiner Art jemand den Tod wünschte oder ihn gar umgebracht hat? Das kann ich mir einfach nicht vorstellen.«

»Trotzdem hat es jemand getan«, sagte Goselüschen. Reimann zuckte mit den Schultern.

»Das ist offensichtlich. Kann ich Ihnen noch irgendwie behilflich sein?«

»Danke, Herr Reimann. Das wär´s dann erstmal.« Als er aufstand und sich zu voller Größe aufrichtete, wirkte er noch größer, als Maria es vorher vermutet hatte. Sie sah ihm nachdenklich hinterher, als er den gefliesten Flur Richtung Ausgang verließ:

»Wir müssen uns mit Kaufmann unterhalten, Gose.« Er saß noch am Tisch und nickte:

»Und mit Birgit Müller.«

Harald Scharnweber kam eilig in das Zimmer:

»Wir haben die ersten Hinweise aufgrund der Zeitungsmeldung erhalten. Einige sind wohl nutzlos, stehen hier zusammengetragen.« Er reichte Goselüschen die Zettel mit den Aufzeichnungen. »Aber der hier ist höchstinteressant: Helmut Meyer, eine Thekenkraft im Wunderbar-Zelt, hat zum Ende seiner Schicht Kaufmann und Müller streiten sehen. Laut seiner Aussage ein paar hundert Meter vor dem Tatort vom Stoppelmarktgelände aus.«

»Ist er sicher, dass es Kaufmann war?«

»Ganz sicher, Maria, er kennt beide. Er wäre noch langsam mit dem Rad an ihnen vorbeigefahren und hätte gedacht, dass einer eventuell auf dem Gepäckträger mitfahren wollte. Die beiden hätten abgewunken und sich weiter angeschrien. Das müsste gegen 5 Uhr gewesen sein.«

»Ich denke, wir haben ein dringendes Gespräch zu führen, Gose.«

***

Eine halbe Stunde später nahm Hans-Jürgen Kaufmann auf demselben Stuhl Platz, auf dem zuvor Walter Reimann gesessen hatte. Er wirkte hochgradig aufgebracht und hielt sich mit Beleidigungen der Polizisten, die ihn hergebracht hatten, nicht zurück.

»Was soll der Zirkus? Ich bin Geschäftsmann und hab keine Zeit zu verschenken!«, schnauzte er Maria Fortmann und ihren übergewichtigen Kollegen an.

»Sie haben uns einiges zu erklären, Herr Kaufmann.«

»Ich hab Ihnen gestern bereits gesagt, was ich weiß, gute Frau!«

»Verarschen Sie uns nicht, Kaufmann! Sie sagten, Sie hätten Müller das letzte Mal vor ein paar Tagen gesehen. Wir haben jetzt Aussagen, die etwas ganz anderes hervorgebracht haben. Sie hatten in der Tatnacht nicht nur Kontakt mit ihm, sondern sich mit ihm gestritten, und das mindestens zwei Mal!« Goselüschens Kopf glühte.

Kaufmann sackte etwas in sich zusammen und wurde wesentlich kleinlauter:

»Na gut, ich habe den Drecksack gesehen. Aber wir haben nicht gestritten, sondern uns laut unterhalten. Mit dem kann ich einfach nicht normal reden.«

»Worum ging es in Ihrem ‚Gespräch'?«, fragte Maria.

»Ach, um nichts Bestimmtes. Er war einfach ein rotes Tuch für mich.«

»Ging es um die Frau, mit der er im Zelt herumgemacht hat?« Goselüschen starrte ihn an. Kaufmann sah zu Boden und atmete tief ein und aus. Nach einer kleinen Ewigkeit antwortete er:

»Lisa ist eine Nichte von mir. Die war hackevoll und dieses Schwein hat das ausgenutzt. Sie wäre wahrscheinlich mit jedem mitgegangen. Aber als ich ihn gesehen habe, wie er an ihr rumgeleckt hat, bin ich dazwischen.«

»Lisa und wie weiter?«

»Lisa Leidig, sie wohnt in Bakum.«

»Und die Konfrontation mit Müller später am Kreuzweg?«, fragte Maria.

»Keine Ahnung. Ich wollte nach Hause gehen, da stieß ich wohl mit ihm zusammen. Ich bin dann aber nach ein paar Minuten weiter. Ich habe ihn nicht umgebracht!«

»Die Kollegen werden sich gleich erkennungsdienstlich um Sie kümmern. Sie sollten Ihren Anwalt anrufen.« Maria und Goselüschen ließen den Geschäftsmann allein und gingen ins Büro nebenan.

»Mir gefällt das nicht.« Er schaute aus dem Fenster zum Himmel – die Wolkendecke hatte sich zusammengezogen. Passend zur Situation, dachte er sich.

»Mir auch nicht, Gose, und woher sollte er das Tatwerkzeug so schnell haben?« Maria rieb sich mit jeweils zwei Fingern ihre Schläfen.

»Das ist eine der Fragen, die auch mich beschäftigen. Aber lassen wir ihn etwas schwitzen. Auf jeden Fall müssen wir nochmal Birgit Müller ausquetschen.«

»Dieser Lisa müssen wir auch noch einen Besuch abstatten.« Der Kopfschmerz wurde langsam erträglicher, sie massierte trotzdem noch fester.

***

Diesmal öffnete den Beamten ein junger Mann die Tür. Er stellte sich als Jakob Müller vor. Der 21-jährige sah seinem Vater sehr ähnlich, auch hatte er die gleiche hagere, hochaufgeschossene Statur. Offensichtlich wusste er, mit wem er es zu tun hatte, denn er winkte ab, als sie ihm ihre Dienstausweise zeigen wollten.

»Sicher wollen Sie zu meiner Mutter. Sie hat sich hingelegt, ich werde sie eben wecken.« Er sprach mit ruhiger Stimme, fuhr sich mit der Hand durch die dunklen, kurzen Haare und bat die Polizisten herein.

»Richtig«, sagte Maria. »Aber wo wir Sie schon hier antreffen: Wer könnte Ihrer Meinung nach ein Motiv haben, Ihren Vater umzubringen?« Anders als seine Mutter hatte Jakob Müller die Kommissare in die Küche geführt. Goselüschen saß auf einem Barhocker, Maria entschied sich für einen Stuhl am Küchentisch. Der ältere Sohn des Opfers setzte sich ihr gegenüber. Er sah zu Boden, schluckte und sprach dann mit leiser Stimme:

»Ich weiß es nicht. Klar, er hat es sich mit vielen verdorben und immer wieder Streit gesucht. Aber ihn deswegen ermorden?« Den letzten Satz verschluckte er fast. Maria stellte ihre eigene Erleichterung darüber fest, dass es scheinbar doch noch jemanden gab, der den Tod Johann Müllers bedauerte.

»Nun, einer oder eine hat es definitiv getan«, stellte Goselüschen nüchtern fest.

»Wie würden Sie das Verhältnis zwischen Ihren Eltern beschreiben?« Trotz seiner Größe wirkte der junge Mann verletzlich auf Maria. Kaum vorstellbar, dass so ein sensibler und freundlich wirkender Mann einen solchen Vater gehabt haben soll, ging ihr durch den Kopf.

»Ach, Frau Kommissar, sie sind über 20 Jahre verheiratet gewesen, da gibt es immer mal Kleinigkeiten. Aber im Großen und Ganzen nicht anders als bei anderen, denke ich.« Er wippte unablässig mit einem Fuß und veränderte alle paar Sekunden seine Haltung auf dem Stuhl.

»Ihr Vater lebte vor ein paar Jahren für eine gewisse Zeit mit einer Frau zusammen«, sagte Goselüschen, als würde er über das Wetter reden. Jakob lachte kurz nervös auf:

»Das sind doch olle Kamellen. Sie haben sich wieder versöhnt.«

»Lass gut sein, Junge.« Birgit Müllers Stimme schnitt einer Rasierklinge gleich durch den Raum. Wie aus dem Nichts stand sie in der Küchentür. Gleichzeitig wandten ihr alle das Gesicht zu. »Dein Vater war ein Schwein, er hat mich ständig betrogen. Um das herauszufinden, braucht man keinen Privatdetektiv zu beauftragen.« Den letzten Satz richtete sie an die Polizisten. Sie schritt an ihnen vorbei zum Kaffeeautomaten und stellte das Gerät an. Unter Gurgeln und Zischen nahm es seine Arbeit auf.

»Bleiben Sie bei Ihrer Aussage, am Montag mit Ihrem Mann während des Stomas Verkehr gehabt zu haben?«, fragte Goselüschen. Jakob Müller stand auf:

»Brauchen Sie mich noch? Ich würde sonst gerne ins Wohnzimmer verschwinden. Intime Details meiner Eltern möchte ich mir sehr gerne ersparen.« Maria winkte ab:

»Für den Moment haben wir keine weiteren Fragen an Sie. Vielen Dank.«

Jakob Müller verließ die Küche und wenig später erklang laute Musik aus dem Obergeschoss.

»Er ist in seinem alten Zimmer, das ist noch unverändert seit seinem Auszug«, erklärte Birgit Müller. Goselüschen sah Frau Müller fragend an:

»Also?«

»Ach, hören Sie auf. Ich hatte seit Jahren keinen Verkehr mit ihm. Das lag aber nicht an ihm, sondern an mir. Ich wollte nicht, hab mich regelrecht vor seinen Berührungen geekelt. Und das hat er für sich erst recht als Freibrief angesehen, mit anderen rumzumachen.«

»Und Ihnen hat das nichts ausgemacht?«, fragte Maria erstaunt.

»Sie kommen wohl nicht aus dieser Gegend, oder? Das ist hier alles noch etwas schwieriger als anderswo. Geschieden, erst recht, als die Jungs noch kleiner waren ... stellen Sie sich das mal nicht so einfach vor.« Sie schnaufte verächtlich. Maria Fortmann kam sehr wohl aus dieser Gegend und ihr war mehr als bewusst, dass es im Oldenburger Münsterland deutlich konservativer zuging, als vergleichsweise in den umliegenden Gebieten Odenburg, Bremen, Osnabrück oder dem benachbarten Landkreis Diepholz. Gerade Letzteren schien zusätzlich zur Kreisgrenze auch noch eine Kulturgrenze vom Landkreis Vechta zu trennen. Beim Stoppelmarkt hingegen schienen diese moralischen Gesetze außer Kraft gesetzt, da ging es zu wie beim Karneval in Köln. Ausgelassene Stimmung und sehr viel Alkohol sorgten für etliche kleine Abenteuer – gerne auch außerhalb einer festen Beziehung. Das war einer der Gründe, warum Maria mit diesem Volksfest nicht viel anfangen konnte.

»Wir leben im 21. Jahrhundert. Eine Frau muss sowas nicht mitmachen.. Mittlerweile ist das doch alles etwas einfacher als früher«, warf Goselüschen ein.

»Aber nicht hier. Wollen Sie auch einen Kaffee?«

»Nein, danke, wie müssen weiter. Wir möchten Sie bitten, sich heute im Laufe des Tages auf der Dienststelle einzufinden.«

»Dann werde ich wohl einen Anwalt zu Rate ziehen müssen.«

»Das steht Ihnen vollkommen frei«, erwiderte Maria auf dem Weg nach draußen. Kurz darauf saßen sie und Goselüschen wieder im Dienstwagen, der etwa 20 Meter vor dem Haus der Müllers am Straßenrand parkte.

»Also, was haben wir, Gose?«

»Zum einen den Kaufmann. Der hatte ein Motiv, wenn auch ein schwaches, kein Alibi und er wurde um die Tatzeit herum bei einem Streit mit dem Opfer erkannt. Der steht auf jeden Fall auf der Liste. Die Müller hatte ebenfalls ein Motiv und auch kein Alibi. Aber wenn eine Frau über Jahre hinweg so behandelt wird, gibt es doch elegantere Lösungen, als den Kerl mitten in der Nacht abzustechen. Noch dazu an einem Ort, wo die Gefahr sehr groß ist, erkannt zu werden.«

»Sehe ich genau so. Und messerstechende Frauen stehen statistisch eh sehr weit unten.« Sie nestelte an ihrem Schlüsselbund.

»Ich brauche einen Kaffee«, merkte Goselüschen an. Im nächsten Moment brummte Marias Handy. Nach einem kurzen Gespräch klärte sie ihren Kollegen auf:

»Das war Harry. Auf der Wache wartet jemand auf uns.« Goselüschen sah sie fragend an, Maria zuckte nur mit den Schultern.

Maria erkannte die dunkelhaarige Frau, die im Verhörraum auf sie wartete, sofort wieder.

»Sie waren gestern auf dem Flur der Stadtverwaltung, als wir aus dem Büro von Richter kamen, richtig?« Die schlanke Frau stellte sich nickend als Katja Rohenkohl vor und antwortete mit nervöser Stimme:

»Ja, das stimmt.«

»Was wollen Sie denn von uns?«, fragte Goselüschen schroff. Die 32-jährige Stadtbedienstete zuckte zusammen. Maria warf ihm einen tadelnden Blick zu, den er ignorierte.

»Ich weiß nicht, ob ich das überhaupt hier aussagen soll, aber es lässt mir keine Ruhe. Ich glaube, ich weiß, wer Johann Müller ermordet hat.« Sie zupfte nervös am Saum ihres geblümten Sommerkleides herum.

»Dann schießen Sie mal los«, forderte Goselüschen sie auf. Nachdem sie tief durchgeatmet hatte, begann Katja Rohenkohl:

»Am besten fange ich vorne an, denk ich. Sie wissen ja mittlerweile sicherlich, dass es mit der Vergabe der Standplätze beim Stoppelmarkt immer wieder Probleme gibt.«

»Ja, das wissen wir – ist aber jetzt per se nichts Ungewöhnliches. Fahren Sie fort«, bestätigte Maria.

»Na gut, okay. Also, ich hatte vor einiger Zeit eine eher oberflächliche Beziehung zu Hans-Jürgen Kaufmann. Vielleicht wissen Sie ja, dass er seit Jahren erfolglos versucht, auf den Markt zu kommen.« Katja Rohenkohls Stimme schwankte weiter. »Könnte ich bitte ein Glas Wasser bekommen?«

»Sicher«, sagte Maria und holte eine Flasche Mineralwasser aus der Kiste, die neben der Kaffeemaschine stand.

»Danke.« Die Besucherin trank ein paar Schlucke und sprach mit etwas festerer Stimme weiter: »Ich hatte das damals nicht so ernst genommen. Es war im Frühjahr, April oder Mai. Ich kam unangemeldet durch den Hintereingang hinein, normalerweise wusste er immer, wann ich komme. Dieses Mal wollte ich ihn überraschen. Jedenfalls war er gerade am Telefonieren. Mit wem kann ich nicht genau sagen. Auf jeden Fall ging es um den Stoppelmarkt, das konnte ich aus den ersten Sätzen heraushören.«

»Kommen Sie zur Sache!«, unterbrach Goselüschen. Katja Rohenkohl nutzte die Unterbrechung, um den Rest des Wassers auszutrinken.

»Nun, also, er sagte zu seinem Gesprächspartner, dass es nächstes Jahr kein Problem mehr bei der Vergabe geben würde, da der Penner, damit meinte er Johann Müller, dann nicht mehr dazwischenfunken könnte – darum würde er sich bis dahin gekümmert haben.« Sie atmete abermals tief durch und sah gespannt von Maria zu Goselüschen.

»Woher wissen Sie, dass es dabei um Johann Müller ging?«, fragte Goselüschen.

»Er hatte mir vorher schon erzählt, dass er alle Hebel in Bewegung setzen würde, um einen Platz auf dem Stoppelmarkt zu bekommen. Er meinte, dass Müller ihn nicht ewig ausschließen könnte, nur weil sie sich privat nicht leiden konnten. Er sagte, er hätte schon einen Plan. Ich wüsste auch von niemand anderem, den er in dem Gespräch gemeint haben könnte.«

Maria zog die Augenbrauen hoch:

»Weiß Kaufmann, dass Sie mitgehört haben?«

»Nein, Frau Kommissar. Ich war damals leicht schockiert, als ich das gehört hatte, und bin leise wieder rausgeschlichen. Ich hatte vorher schon das Gefühl, dass er nur mit mir angebandelt hatte, um irgendwie an Müller ranzukommen. Er war wie besessen davon, es ihm heimzuzahlen.«

»Und trotzdem haben Sie sich von ihm – ich meine, waren Sie mit ihm zusammen?« Katja schaute etwas pikiert, antwortete dann:

»Ich habe mich gar nichts von ihm! Ich dachte, ich könnte ihn schon davon überzeugen, dass ich die Richtige für ihn bin. Schließlich hatte ich mit Johann Müller beruflich so gut wie nichts zu tun. Und das habe ich ihm auch immer so gesagt.«

»Wie lange dauerte Ihre Beziehung an?«, wollte Maria wissen.

»Von November letzten Jahres bis kurz nach diesem Telefonat. Ich wollte nichts mit irgendwelchen krummen Dingern zu tun haben – aber ich hab auch nicht im Traum daran gedacht, dass es um Mord gehen könnte.«

»An was dachten Sie sonst?«, fragte Goselüschen. Sie zögerte:

»Was weiß ich, vielleicht, dass er ihn erpresst oder ihn zusammenschlagen lässt oder sonst was. Aber ich dachte nicht an Mord, um Gottes Willen!« Ihre Stimme wurde schrill.

»Wissen Sie noch den genauen Tag, an dem das Telefonat stattgefunden hat?« Marias ruhige Stimme entspannte die Situation.

»Warten Sie.« Katja zog ihr Smartfon heraus, tippte und wischte auf dem Display. Nach gut einer Minute nickte sie kräftig. »Ja, hier, gucken Sie selbst.« Sie wollte Maria das Display vors Gesicht halten, diese bedeutete ihr aber, es selbst vorzulesen. »Es war am Samstag, 15. April, zwischen 18 und 19 Uhr. Ich bin danach direkt zu meiner Freundin gefahren, um runter zu kommen. Wir sind dann noch ins Kino gefahren. *Es war einmal in Deuschland* war gerade angelaufen.«

»Ach, der mit Moritz Bleibtreu?«, fragte Maria interessiert.

»Ja genau«, antwortete Katja. Goselüschen räusperte sich:

»Wenn die Damen dann mal wieder zur Sache kämen?«

»Ist ja schon gut, Gose. Frau Rohenkohl, haben Sie sonst noch etwas mitbekommen, was in diese Richtung ging?«

»Nein, Frau Kommissar. Er hat nie einen Hehl daraus gemacht, dass er ihn nicht leiden kann. Aber immer wenn er davon angefangen hat, hab ich das Thema gewechselt. Mehr weiß ich also nicht.« Da die Polizisten Katja Rohenkohl keine weiteren Informationen entlocken konnten, schickten sie sie nach Hause.

Nachdem die Zeugin den Raum und das Revier verlassen hatte, besprachen Goselüschen und Maria ihr weiteres Vorgehen mit ihrem Kollegen Scharnweber.

»Die privaten und dienstlichen Räumlichkeiten von Kaufmann sollten wir dringend in Augenschein nehmen.«

»Okay, Maria, ich kümmere mich um den Durchsuchungsbeschluss. Dann schicken wir sofort ein paar Leute los.«

»Danke, Harry. Gose, wir sollten uns nochmal den Tatort anschauen.« Goselüschen ließ den Kopf und die Schultern sinken:

»Dein Ernst? Du kannst dein Workout auch abends machen – ohne mich.« Lächelnd zupfte sie an seinem Ärmel und schritt zur Tür hinaus. Goselüschen seufzte und schlurfte ihr hinterher.

***

Die Abbauarbeiten auf dem Stoppelmarkt liefen auf Hochtouren. Wo gestern noch das Riesenrad, die Alpinachterbahn und andere Fahrgeschäfte blinkend in den Himmel ragten und tausende Menschen gut gelaunt die Gassen säumten, wirkte das Gelände im Augenblick eher wie eine Großbaustelle. Goselüschen und Maria mussten mehrfach den emsigen Arbeitern ausweichen, während sie über das Marktgelände schlenderten. Morgen würde fast nichts mehr an den Markt erinnern, die meisten Zelte und Karussells würden abgebaut und der Müll seitens der Stadtverwaltung entsorgt sein.

»Fünfzehn Minuten«, stellte Maria auf ihre Swatch-Uhr schauend fest. Sie hatten den Fußweg vom Niedersachsenzelt, von dem nur mehr das Gerippe zu sehen war, bis zum Tatort abgeschritten.

»Eher zwanzig«, wandte Goselüschen schnaufend ein. »Müller hatte Alkohol intus und ist sicher nicht so gerannt wie du gerade.«

»Gose, das ist Schritttempo – für normale Erwachsene.« Mit konzentriertem Blick sondierte sie die Umgebung. In Sichtweite befanden sich eine kleine Gaststätte und vereinzelte Wohnhäuser. Auf der einen Seite zierte eine Buschreihe den Weg, auf der anderen grenzte ein Maisfeld daran.

»Das führt doch zu nichts. Woher sollte der Täter oder die Täterin wissen, dass er hier entlang gehen würde? Und wann?«

»Nun, das ist der kürzeste Weg zu ihm nach Hause. Und da die meisten Zelte bereits zugemacht hatten, liegt es auf der Hand, dass er hier entlang kommen musste. Vorausgesetzt, der oder die Täterin kannte ihn persönlich, wovon wir ausgehen können.«

»Dann brauchen wir eigentlich nur alle Besucher des Niedersachsenzeltes ermitteln, die von kurz vor vier bis sechs Uhr noch dort waren.«

»Tja, Gose, damit wären wir sicher einen Riesenschritt weiter.«

»Ich hab Hunger, dieser Stoppelmarkt regt meinen Appetit an, selbst im Baustellenzustand.«

»Du hast immer Hunger, Gose. Okay, lass uns zum Wok fahren, du magst doch chinesisch. Da essen meine Nachfolgerinnen von der ULF häufig, vielleicht erkenne ich mich ja in einer der heutigen Schülerinnen wieder.«

»Gibt´s da auch was Pectoveganes für dich?«

»Pescetarisch! Pesce steht für Fisch – pecto für kämmen«, klärte sie ihren Kollegen lachend auf.

»Bin ich Arzt? Muss ich alle Krankheiten kennen, oder was?«

***

Der exotische Geruch chinesischer Spezialitäten erfüllte den Speisebereich des gut besetzten Restaurants. Fernöstliche Musik, die aus den in der Decke installierten Lautsprechern drang, mischte sich mit dem Stimmengewirr der vielen Gäste. Die sehr freundlichen Bedienungen sausten von Tisch zu Tisch und servierten die Bestellungen. Goselüschen durchsuchte gerade intensiv die Speisekarte nach einem geeigneten und kalorienreichen Nachtisch, mit dem er sein gerade verspeistes Curryhuhn abrunden konnte, als sich Marias Diensthandy vibrierend auf dem Tisch bemerkbar machte.

»Ja, alles klar. Wir sind sofort da.« Sie stand auf und bedeutete ihrem Kollegen, ihr zu folgen.

»Kein Dessert?«, fragte Goselüschen mit weinerlicher Stimme.

»Harry hat bestimmt ein paar Kekse für dich.« Er legte fünfundzwanzig Euro auf den Tisch und folgte seiner sportlichen Kollegin mürrisch. Sie gingen die Große Straße hinunter, ihren Wagen hatten sie zuvor bei der Dienststelle abgestellt.

»Renn nicht so, ich krieg Sodbrennen.«

»Was du auf jeden Fall nicht kriegst, ist Mitleid.« Wenige Minuten später trafen sie im Polizeigebäude auf Harald Scharnweber.

»Haltet euch fest: Wir haben im Wohnhaus Kaufmanns ein Oberhemd mit deutlichen Blutspuren gefunden. Es ist bereits auf dem Weg ins Labor nach Hannover.« Maria pfiff erstaunt und blickte zu ihrem schnaufenden Kollegen Goselüschen. Ob seine rasselnden Atemgeräusche an der Anstrengung lagen oder von der Neuigkeit ausgelöst wurden, blieb Maria unklar – der Schweiß auf seiner Stirn deutete jedoch klar auf Ersteres, dachte sie.

»Das reicht erst einmal, um ihn vorläufig festzusetzen. Ist er zu Hause?« Seiner Stimme war die Anstrengung noch deutlich anzumerken.

»Nein, Gose. Er ist im Getränkemarkt. Die Kollegen sind bereits auf dem Weg zu ihm.«

»Sehr gut, dann hab ich ja noch Zeit für einen Kaffee.« Kaum gesagt, goss er sich bereits eine Tasse ein.

»Du solltest mal etwas für deine Fitness tun, du röchelst hier rum, als ob du gerade `nen Marathon hinter dir hättest.«

Er zeigte auf Maria. »Schau sie dir an, topfit und drahtig – so wie Polizisten sein sollten.« Ein Grinsen breitete sich auf Scharnwebers Gesicht aus.

»Leck mich doch! Kommt erstmal in mein Alter – und habt solche Probleme und Sorgen wie ich.«

»Lass es, Gose, die Mitleidsnummer steht dir nicht«, warf Maria lachend ein.

»Ach, bevor ich es vergesse: Wir haben Lisa Leidig befragt, die Nichte vom Kaufmann. Sie ist 34 und arbeitet als Friseurin hier in Vechta. Sie konnte sich nur noch schemenhaft an die Knutscherei erinnern. Ihren Angaben nach kannte sie das Mordopfer nur flüchtig. Nachdem ihr Onkel dazwischengegangen war, hatte sie sich in eine andere Ecke des Zeltes verdrückt. Die Sache schien ihr verständlicherweise äußerst peinlich gewesen zu sein.« Harald Scharnweber schaute auf seinen Notizblock.

»Wusste sie Bescheid über die Streitereien zwischen ihrem Onkel und Müller?«, fragte Maria.

»Ja, aber damit hätte sie nichts zu tun, meinte sie. Und es klang aufrichtig. Sie ist übrigens Single, ihre letzte Beziehung ist über ein Jahr her.« Er klappte seinen Block zu und steckte ihn ein.

»Dann können wir einen wütenden Freund oder Ehemann als Täter ausschließen. Sieht so aus, als würde sich die Schlinge langsam um unseren Freund Kaufmann zusammenziehen.«

»Sehe ich genauso, Gose. Aber warten wir erstm-« Hektische Betriebsamkeit und Männergeschrei auf dem Flur ließ

Maria verstummen. Durch die kleine, in die Tür eingelassene Glasscheibe sah sie, wie der aufgebrachte Kaufmann in Handschellen von zwei uniformierten Kollegen an ihrem Büro vorbeigeführt wurde.

»Kaufmann?« Scharnweber warf seiner Kollegin einen fragenden Blick zu, worauf sie nickte.

»Lassen wir ihn erstmal eine Viertelstunde abkühlen, bis wir ihn uns vornehmen.« Sie zog sich einen Stuhl heran und setzte sich rücklings darauf, ihre Arme legte sie auf die Lehne. Langsam kämen sie vorwärts, aber es fehlten noch sehr viele Puzzleteile.

»Ach, Maria, es macht doch viel mehr Spaß, wenn sie noch so echauffiert sind.« Nachdem er den ernsten Blick Marias wahrnahm, fügte er hinzu: »Aber du hast sicher recht – lassen wir ihn sich beruhigen.«

***

Mit wütendem Gesichtsausdruck starrte Kaufmann die beiden Kommissare an, als sie den kargen Verhörraum betraten. Man hatte ihm die Handschellen abgenommen. Er saß am mittig im Raum stehenden Tisch, seine Hände spielten nervös mit dem Kaffeebecher aus Pappe herum.

»Was soll dieser Scheiß hier? Wollt ihr meinen Ruf ruinieren oder was?«, blaffte er in Richtung Maria Fortmann, die sich auf einen Stuhl ihm gegenüber niederließ. Goselüschen blieb schräg hinter ihr stehen.

»Möchten Sie uns nicht etwas erzählen, Herr Kaufmann?«, fragte Maria mit ruhiger Stimme.

»Ja, dass ihr einen Knall habt, mich in meiner Firma abzuführen wie einen Schwerverbrecher! Das wird euch teuer zu stehen kommen, das schwöre ich euch!«, fauchte er entrüstet und schlug mit der flachen Hand auf die Tischfläche.

»Soll das eine Drohung sein?«, fragte Goselüschen. Er kniff die Augen zusammen und fixierte Kaufmann.

»Mir egal, wie du das auffasst – auf jeden Fall werde ich euch mit Klagen überziehen, dass euch Hören und Sehen vergehen.«

»Wir haben heute Ihr Haus und Ihre Büroräume durchsucht.« Kaufmanns Augen verengten sich zu Schlitzen, während Maria fortfuhr: »Dabei haben wir unter anderem ein blutgetränktes Hemd sichergestellt. Möchten Sie dazu etwas sagen?« Man merkte, wie es in Kaufmanns Kopf arbeitete, bis er nach Sekunden grinsend antwortete:

»Mein weißes Hemd? War die Müllabfuhr noch nicht da zwischendurch?« Er lachte kurz auf. »Ich muss euch enttäuschen. Das Hemd hatte ich beim Rasenmähen an und bekam Nasenbluten. Da ich es eh schon damit versaut hatte, habe ich damit die Blutung gestillt. Das ist alles mein Blut, außer vielleicht noch das von ein paar Mücken oder Fliegen, die ich zerquetscht habe.«

»Nun, das wird die KTU ja in den nächsten Tagen herausfinden.« Goselüschen betonte bewusst das *nächsten Tagen.* Das Grinsen verschwand sofort aus Kaufmanns Gesicht.

»Soll das heißen, ihr wollt mich ein paar Tage hier behalten?«, schrie er fast. Seine Halsschlagader trat ebenso hervor wie die Venen an seinen Schläfen. Er war gerade im Begriff aufzuspringen, als ihm die reaktive Körperhaltung der Polizisten klarmachte, dass dies keine gute Idee wäre. Er ließ sich auf den Stuhl zurückfallen:

»Das ist doch lächerlich. Ihr habt gar nichts!« Kaufmann unterstrich seinen spöttischen Tonfall, indem er seine Arme vor der Brust verschränkte.

»Ok, anderes Thema: Wir haben eine Aussage Ihrer ehemaligen Freundin, Frau Katja Rohenkohl. Demnach haben Sie vor einigen Monaten telefonisch damit geprahlt, sich rechtzeitig zur nächsten Stoppelmarktvergabe Ihres Widersachers Müller entledigt zu haben.« Goselüschen bewunderte seine Kollegin um die ruhige Tonlage, mit der sie solche Vorwürfe regelmäßig vorbrachte. Kaufmanns Gesichtszüge entglitten – offensichtlich hatten sie ins Schwarze getroffen.

»Mit wem haben Sie damals telefoniert?«, fragte Goselüschen scharf. Der Angesprochene schien immer noch verdattert, er setzte mehrfach zu einer Antwort an, unterbrach sich jedoch immer wieder selbst, bevor das erste Wort seinen Mund verlassen hatte. Schließlich brachte er doch hervor:

»Das muss ein Missverständnis gewesen sein. Ich weiß gerade nicht, wovon Sie da reden.« Schweißperlen bildeten sich auf seiner Stirn und seine Stimme war mittlerweile deutlich dünner und leiser.

»Spucken Sie es aus, Kaufmann. Ansonsten holen wir uns die Verbindung und das Gepräch von der EWE-Tel. Das kostet uns nur einen Anruf beim Richter.« Marias Tonart duldete keinen Widerspruch, obwohl sie sich zwingen musste, überzeugend zu wirken. Auch Goselüschens Herzfrequenz stieg unmerklich wegen des Bluffs seiner Kollegin. Das Gesetz zur Vorratsdatenspeicherung wurde vor Jahren vom BGH und dem Europäischen Gerichtshof gekippt, sodass sie höchstens eine Woche rückwirkend an Informationen kommen könnten. Maria hoffte, dass Kaufmann darüber nicht genau Bescheid wusste. Allerdings wurde seitens der Politik und der Nachrichten über dieses Thema so viel berichtet und diskutiert, dass eh die wenigsten Bürger noch durchblickten. So verhielt es sich ja in vielen bürokratischen Dingen. Warum sollten sie also die allgemeine Verwirrung und Desinformation nicht zu ihrem Vorteil nutzen?

»Na gut«, sagte Kaufmann nach einer sekundenlangen Pause. »Aber das ist nicht so wie es scheint.«

»Kommen Sie zum Punkt!«, forderte Goselüschen ihn auf. Da Kaufmann keinen Verdacht zu schöpfen schien, wollte er ihm weiter zusetzen. Es dürfte nur noch eine Frage der Zeit sein, bis Kaufmann einknickte.

»Nun, ich hatte damals die dumme Idee, den Müller von ein paar Schlägern aufmischen zu lassen. Und ihm damit klarzumachen, was Sache ist. Aber zum Teufel, ich wollte ihn nicht umbringen lassen!« Die Kommissare sahen sich kurz an, bevor Maria fragte:

»Mit wem hatten Sie telefoniert und wer sind oder waren die Schläger?«

»Oh Mann, muss das wirklich sein? Es ist doch nichts draus geworden, da ist das doch egal.« Kaufmann faltete seine Hände und blickte hilfesuchend von Maria zu Goselüschen und wieder zu Maria.

»Reden Sie, Mann!« Goselüschens Gesichtsfarbe wechselte ins Tiefrote.

»Ist ja gut, ist ja gut. Telefoniert hab ich mit Klaus Borgerding aus Berlin. Der war zu der Zeit dort Geschäftsführer in einer kleinen Kneipe, die mir seit einigen Jahren gehört. Mit dem hatte ich darüber geredet, ob er mir jemanden besorgen könnte. In Berlin treiben sich ja jede Menge Leute rum, die für ein paar Tausend Euro so einiges tun würden. Aber dazu ist es nicht gekommen, das müssen Sie mir einfach glauben!«

»Warum sollten wir das tun?« Maria sah von den Unterlagen, die vor ihr auf dem Tisch lagen, auf und blickte Kaufmann direkt in die Augen.

»Weil es so ist, Frau Kommissar. Als er ein paar Tage später anrief und mir sagte, er hätte jemanden gefunden, hatte ich bereits drüber nachgedacht und die Idee verworfen. Das können Sie doch ebenfalls bei der EWE-Tel prüfen – ach nein, das Gespräch hatten wir per Handy.« Goselüschen und Maria stockte kurz der Atem, durch den Nachsatz entspannten sie sofort wieder.

»Wo erreichen wir den Borgerding, wie heißt Ihre Gaststätte und wo genau ist sie? Wir werden das von den Kollegen in Berlin natürlich prüfen lassen.« Goselüschen hatte mittlerweile auf dem Stuhl neben Maria Platz genommen und wartete mit gezücktem Stift auf die Antwort. Kaufmann druckste verlegen rum. Maria versuchte es mit sanfter Stimme:

»Kommen Sie schon. Machen Sie es uns und Ihnen nicht schwerer, als es sein muss.« Kaufmann hob langsam den Kopf. Aus seinen Augen sprachen statt Zorn und Wut mittlerweile Verunsicherung und sogar etwas Angst. Schließlich sprach er leise:

»Da gibt es ein Problem: Sie können das nicht überprüfen. Klaus ist vor vier Wochen an den Folgen eines Herzinfarktes verstorben.«

***

Nachdem Kaufmann abgeführt worden war, gesellte sich Scharnweber zu ihnen und schnappte sich den Stuhl, auf dem gerade noch Kaufmann gesessen hatte. Dieser knarzte unter seinem Gewicht, als er sich darauf fallen ließ.

»Das war´s dann wohl erstmal«, meinte er.

»Ja, sobald wir das Ergebnis der DNA-Untersuchung haben, können wir den Fall abschließen. Ich vermute, er wird bis dahin eh einbrechen.« Maria schaute zu Goselüschen, der zustimmend nickte.

»Sofern es das Blut des Opfers ist. Dann können wir uns ja vorerst wieder nach Hause verdrücken. Bei uns ist der Kaffee sowieso besser.« Kopfschüttelnd sah Scharnweber zu seinem Kollegen. Gerade wollte er ihm einen Spruch drücken, als ein uniformierter, junger Kollege anklopfte und das Zimmer betrat:

»Es ist ein Anruf eingegangen. Ein älterer Herr hat in seinem Garten ein blutverschmiertes Messer gefunden.«

»Welche Adresse?«, fragte Maria. Sollte sich jetzt doch alles schneller zusammenfügen, als wir noch vor ein paar Stunden gedacht haben?, schoss es ihr durch den Kopf.

»Driverstraße 12. Eine Streife ist schon auf dem Weg.«

»Eine Querstraße vor Kaufmanns Haus«, stellte Scharnweber fest.

»Wir fahren hin. Auf geht´s, Gose.«

Der Vorgarten des Hauses war durch eine kniehohe Ziegelmauer vom Gehweg getrennt. Direkt dahinter bot eine zwei Meter hohe Koniferenhecke Sichtschutz vor den Passanten und dem Verkehr. Der Finder des Tatwerkzeuges stellte sich als Jochen Kallage vor, ein freundlicher und redseliger, 75-jähriger, pensionierter Beamter der Justizvollzugsanstalt.

»Kommen Sie, hier entlang.« Er ging den beiden auf dem schmalen Gang zwischen seinem Haus und der Garage voraus. Der länger nicht gemähte Rasen bot einen Kontrast zum ansonsten sehr gepflegten Grundstück. Kurz vor der Hecke blieb der Mann stehen und deutete auf eine Lücke:

»Da liegt das gute Stück. Ich habs in der Zeitung gelesen und zur Sicherheit hab ich es nicht angefasst«, sagte er nicht ohne Stolz.

»Das haben Sie gut gemacht.« Maria streifte sich Handschuhe über und beförderte das Messer vorsichtig in einen

Kunststoffbeutel. Dann übergab sie es an einen der uniformierten Kollegen, der es zur Dienststelle brachte.

»Na klar, ich muss doch meine Kollegen von der Polizei unterstützen, damit meine Nachfolger im Knast weiterhin genug Bewohner bekommen.« Er zwinkerte übertrieben bei diesen Worten.

»Dafür sind wir Ihnen sehr verbunden. Ist Ihnen am frühen Morgen des Dienstag irgendwas Verdächtiges aufgefallen?«, fragte Goselüschen.

»Das tut mir leid«, antwortete der Pensionär »Ich habe einen guten und gesunden Schlaf. Vor 8 Uhr stehe ich nie auf. Seit ich nicht mehr im Schichtbetrieb arbeiten muss, kann ich mir das erlauben. Aber davon muss ich euch ja nichts erzählen. Ihr kennt das ja selbst mit Diensten am Wochenende und nachts und so.«

»Das sehen Sie natürlich vollkommen richtig, Herr Kollege.« Goselüschen warf Maria einen Blick zu und verdrehte die Augen. Jochen Kallage bemerkte es nicht, er strahlte über das ganze Gesicht.

Nachdem sich die Ermittler einer Einladung zum Kaffeetrinken inklusive der Lebensgeschichte des Mannes mit Mühe hatten entziehen können, verabschiedeten sie sich. Sie bogen an der Universität rechts in die Ravensberger Straße Richtung Oythe ab.

»Universitätsstadt Vechta«, sagte Goselüschen spöttisch.

»Vor ein paar Jahren war es noch eine Hochschule – die haben sich wohl hochgeschlafen«, erwiderte Maria kichernd.

»Das ist ein ganz schöne Entfernung. Gut, dass du die Strecke nicht auch ablaufen wolltest«, sagte Goselüschen, als sie vor der roten Ampel an der Kreuzung zur Oyther Straße warteten. Sobald es Grün wurde, bogen sie rechts ab. Maria wollte gerade beschleunigen, als ein Mann von links nach rechts die Straße überquerte.

»Das ist doch der Reimann – halt da mal eben.« Goselüschen zeigte auf einen Parkplatz vor einem älteren Gebäude mit einem Tor in der Mitte. Maria schaltete den Blinker an und lenkte den Audi rechts auf die Auffahrt.

»Moin, Herr Reimann«, sagte Goselüschen, der überraschend schnell aus dem Wagen gestiegen war. »Wir haben Sie zufällig gesehen, waren Sie Ihre Mutter besuchen?« Reimann wirkte etwas irritiert:

»Moin, ... ach, Kommissar Grotelüschen, richtig?« Er machte einen Schritt auf ihn zu und die beiden schüttelten sich die Hände.

»Goselüschen, ja genau. Kommen Sie von Ihrem Familienbesuch?«

»Ja, ich war bei meiner Mutter. Ich versuche nach Möglichkeit, sie täglich zu sehen. Sie hat sonst niemanden mehr.« Er nickte mit dem Kopf zum Pro Vita Gebäude auf der anderen Straßenseite. »Wenn alles klappt, zieht sie zum nächsten Jahr rüber in den Neubau.« Dabei zeigte er auf den Rohbau direkt neben der Seniorenwohngemeinschaft.

»Ganz Vechta scheint eine riesige Baustelle zu sein«, sagte Goselüschen mit einer Mischung aus Respekt und Verachtung.

»Hier sitzt jede Menge Geld, Gose, und das will bewegt werden«, klärte Maria auf, die mittlerweile bei den Männern stand.

»Was kann ich denn nun für Sie tun, Herr Goselüschen?« Reimann sah demonstrativ auf seine Armbanduhr.

»Halten wir Sie von einem Termin ab?«, fragte Maria, der Reimanns Ungeduld nicht verborgen geblieben war.

»Nein, aber ich möchte nach Hause.«

»Wir wollten Sie auch gar nicht aufhalten, Sie sind uns ja nur zufällig über den Weg gelaufen, im wahrsten Sinne des Wortes. Aber wo wir Sie schonmal treffen: Sie haben die beiden Streithähne ziemlich am Schluss gesehen. Können Sie sich noch daran erinnern, wie Kaufmann gekleidet war?« Reimann rieb sich das Kinn und schien zu überlegen:

»Hm, das weiß ich sogar ziemlich genau. Als ich die beiden getrennt habe, schoss mir noch der Vergleich mit einem großen weißen Ball durch den Kopf. Sie trugen beide etwas weißes. Ob Shirt oder Hemd weiß ich allerdings nicht mehr genau. Es war ja bereits etwas später und so ganz nüchtern war ich zu der Zeit auch nicht mehr. Sie wissen ja sicher, wie es montags auf dem Stoppelmarkt zugeht, oder, Herr Goselüschen?«

»Persönlich ist das dieses Jahr mein erster Besuch gewesen. Nachdem ich die ganzen Fressbuden gesehen habe, werde ich mit Sicherheit nächstes Jahr nochmal herkommen – dann aber privat.« Reimann nickte zustimmend.

»Das kann ich Ihnen nur empfehlen. Wenn Sie nicht dienstlich hier sind, können Sie es auch ohne Einschränkungen genießen.« Diesmal machte Goselüschen die zustimmende Geste. Maria hatte seit der Antwort Reimanns das Bild der beiden in weiß gekleideten Männer vor Augen, die sich wie Halbstarke im Festzelt rauften – noch einer der Gründe, warum sie den Stoppelmarkt nicht besonders mochte. Denn bei einem hohen Alkoholkonsum, wie es auf Volksfesten gang und gäbe war, standen Schlägereien auf der Tagesordnung.

»Danke, Herr Reimann, das war schon alles«, sagte sie schließlich. Reimann zögerte nicht und stieg in sein Auto. Sie schauten noch kurz hinterher, als er mit seinem schwarzen Honda SUV den Parkplatz verließ und auf der sanierungsbedürftigen Oyther Straße Richtung Stadtausgang davon fuhr.

»Hier sind so viele Baustellen. Warum kümmern die sich nicht mal um diese Straße? Die hat es mehr als nötig. Guck dir mal den Fahrradweg und den Bürgersteig an.« Er zeigte auf eine Stelle, an der Wurzeln eines Baumes das Fundament angehoben hatten. Eine Erscheinung, wie sie im Verlauf der Oyther Straße sehr oft zu sehen war.

»Das ist eine Landstraße, dafür ist das Land Niedersachsen zuständig. Aber so wie ich gehört habe, hat die Stadt Vechta sie dem Land im Tausch gegen die Umgehungsstraße abgenommen. Nun geht es wohl um die Zuschüsse.«

»Politik ist nervig.« Goselüschen wollte ins Auto steigen, Maria sah Reimann hinterher und griff sich in den Nacken.

»Wenn du `ne Massage brauchst, hier sind wir richtig.« Er deutete zu einem Schaufenster, welches der Schriftzug *Praxis für Massage und Krankengymnastik Marcus Ehrhardt* zierte. Kopfschüttelnd stieg Maria in den Wagen:

»Ne, lass mal. Bei dem soll man hinterher mehr Schmerzen haben als vor der Massage. Außerdem textet der immer die Leute zu.« Sie lächelte. »Meine Tante war mal hier, die hat mir nichts Gutes erzählt. Ich leg mir heute Abend Pinky in den Nacken – das sollte reichen.«

Kapitel 8

Die Ermittlungen verliefen zufriedenstellend. Falls sie etwas Glück haben würden, sollten die Ergebnisse aus Hannover positiv sein und Kaufmann als Mörder Johann Müllers überführen. Trotz einiger Zweifel, die Maria fast bei jedem Tötungsdelikt hegte, deuteten die Erkenntnisse nach derzeitigem Stand klar auf Kaufmann hin. Sein Verhalten während der heutigen Befragung und seine nicht nachprüfbaren, abstrusen Behauptungen bezüglich der gescheiterten Beauftragung der Schlägertruppe bestärkten sie noch in ihrer Annahme. Für Goselüschen schien der Fall ebenfalls erledigt zu sein. Anders konnte sie sich nicht erklären, dass er die Autofahrt über diverse Songs aus dem Radio mitbrummte und kein Wort mehr über die Ermittlungen fallen ließ.

Etwa eine Stunde später parkte Maria den Dienstwagen auf einem Parkplatz vor dem Cloppenburger Rathaus, in dem seit einigen Jahren ihre Dienststelle provisorisch untergebracht war.

»Bald können wir uns endlich ein neues Büro aussuchen«, frohlockte sie.

»Falls die unser Gebäude dann auch mal fertig bekommen – da würde ich an deiner Stelle noch etwas Geduld einplanen. Du weißt ja, wie Handwerker so sind. Und offensichtlich werden die alle in Vechta benötigt.« Goselüschen wurde von seinem Handy unterbrochen. Maria ließ ihn im Wagen sitzen. Als er nach mehreren Minuten ihr gemeinsames Büro betrat, konnte ihm Maria sofort ansehen, dass er mit seiner Ex-Frau gesprochen hatte.

»Und, wie sieht es aus? Gibt sie dir noch `ne Chance?«

»Ich weiß nicht, aber es ist ganz gut, dass wir mal pünktlich Feierabend bekommen. Wir haben uns für heute Abend verabredet.«

»Versuch einfach, nicht du zu sein, dann sollte es klappen.« Schmunzelnd widmete sie sich den Papierbergen auf ihrem Schreibtisch.

»Halt die Klappe. Du hast ja nicht mal einen Ex-Freund oder `ne Ex-Freundin. Das weiß man bei dir ja nie so richtig.« Damit hatte er ihren wunden Punkt getroffen. Wobei es Maria keine Sorgen bereitete, dass sie beiden Geschlechtern gegenüber aufgeschlossen war – vielmehr hielt sie sich generell für beziehungsunfähig. Ihre bisher längste Partnerschaft hatte gerade mal sechs Monate gehalten. So verlockend der Gedanke auch hin und wieder war, dass abends jemand auf sie warten würde, sie sich aussprechen und über alles Mögliche quatschen könnte – ihr Drang, auf niemanden Rücksicht nehmen und privat keine Kompromisse eingehen zu müssen, war zu ausgeprägt. Das müsste sie schließlich dienstlich genug.

»Genau. Und das geht auch überhaupt niemanden etwas an. Außerdem habe ich Pinky. Der reicht mir im Moment.« Sie lachte kurz auf und fuhr fort: »Aber im Ernst, ich wünsche es euch, dass es wieder funktioniert. Dann wärst du auch nicht mehr so unleidlich.« Naserümpfend kümmerte sich auch Goselüschen um seine bürokratischen Aufgaben.

Am Abend hatte es sich Maria auf ihrem Sofa gemütlich gemacht. Pinky zog es vor, sich kraulen zu lassen anstatt seinem Frauchen den Nacken zu wärmen. Der *Tatort,* von dem sie sich seit ungefähr einer Stunde berieseln ließ, konnte Maria nicht begeistern. Der war ja mal wieder absolut unrealistisch und spiegelte wie üblich nicht die echte Polizeiarbeit wider. Die AutorInnen sollten mal ordentliche Recherche betreiben – sie könnte denen so einiges erzählen. »Kümmer dich erstmal um deine eigenen Fälle, bevor du hier klugscheißt, Frau Fortmann«, sagte sie laut zu sich selbst und grinste etwas dümmlich. Das zweite Glas Wein hätte sie sich besser verkneifen sollen.

***

Leise betend kniete die Gestalt auf den dunklen Fliesen. An der weißen Wand direkt vor ihr hing ein Kruzifix.

»Was habe ich nur getan? Warum nur hast du das zugelassen?« Seit ihrer schrecklichen Tat hatte sie kaum ein Auge zubekommen können. Die Gefühle und Gedanken rasten unablässig, einem Wirbelsturm gleich jagten sie durch ihren Körper und ihren Geist. Einzig, als sie von den Polizisten mit Fragen gelöchert wurde, konnte sie – erschreckenderweise – klare Gedanken fassen. War sie zu einer eiskalten, berechnenden Bestie mutiert? Warum konnte sie den Ermittlern ohne Schwierigkeiten ins Gesicht lügen, obwohl es sie seit der Tat innerlich zerriss? Niemals hätte sie diese unfassbaren emotionalen Auswirkungen erwartet, schließlich hatte sie doch das Richtige getan, als sie Johann Müller seiner gerechten Strafe zuführte. Dieser Mann war schlecht gewesen, er hatte auf jeden gespuckt und nur an sich gedacht – niemals an seine Mitmenschen. Oder an das, was andere wegen seines Tuns erdulden mussten. Warum fühlte sie sich dann nicht erleichtert, nicht befreit? Warum half Gott ihr nicht dabei? Tränen liefen über ihre Wangen, ihr Schluchzen hallte von den nackten Wänden des kleinen Zimmers wider. »Gott!«, flehte die Gestalt, »Hilf mir!«

Kapitel 9

Am Freitagvormittag riss das Klingeln des Diensttelefons die beiden Cloppenburger Kommissare aus ihrer Routine.

»Moin, mh, okay. Ja, alles klar. Wir sind unterwegs.« Maria blickte fragend zu Goselüschen, der das Telefon zurücklegte. »Die Ergebnisse im Fall Müller aus Hannover liegen vor.«

»Na dann, los geht´s.«

»Jo, auf in die Pferdestadt.«

Sie waren einige Minuten unterwegs, da drehte Maria die Lautstärke des Radios herunter. Nun war *Rocket Man* von *Elton John* nur noch als Hintergrundgeräusch wahrnehmbar.

»Ach übrigens, wie ist dein Date mit Sabine verlaufen?«, fragte sie, als sie gerade Cloppenburg verlassen hatten. Aus ihren Augenwinkeln beobachtete sie ein feines Lächeln, welches Goselüschens Lippen umspielte.

»Perfekt war es nicht, aber ich glaube, sie spielt mit dem Gedanken, mir die Geschichte zu verzeihen. Der Abend lief jedenfalls gut. Obwohl ich deinen Rat missachtet habe und einfach ich selbst war.«

»Oder gerade deshalb. Das freut mich ehrlich für dich.«

»Und warum grinst du dann so blöd?« Goselüschen drehte die Lautstärke wieder hoch und ließ seinen Blick über die Felder schweifen. Das Lächeln verblieb in seinem Gesicht.

Als sie einige Minuten später bei der Dienststelle in Vechta ankamen, ließ der Gesichtsausdruck von Harald Scharnweber nichts Gutes erahnen:

»Hier, seht selbst.« Er reichte beiden einen Ausdruck der E-Mails mit den Gutachten bezüglich des Tatwerkzeuges und des Oberhemdes.

»Bei dem Blut auf dem Hemd Kaufmanns handelt es sich ausschließlich um sein eigenes. Schöne Scheiße«, sagte Goselüschen.

»Das Blut und andere DNA auf dem Messer sind eindeutig dem Opfer zuzuordnen. Der Griff sauber, keine verwertbaren Fingerabdrücke oder sonstige Spuren. Alle gefundenen Fasern stammen von der Kleidung des Opfers. Das Messer selbst ist ein handelsübliches Fleischermesser, welches man in jedem Kaufhaus oder größeren Supermarkt bekommen kann«, fasste Maria zusammen.

»Es wäre auch zu einfach gewesen. Damit müssen wir den Kaufmann wohl erstmal rauslassen. Verdammt!« Goselüschen straffte sich.

»Ja, das wurde leider bereits veranlasst. Aber wir haben die Genehmigung, seine Telefone anzuzapfen.«

»Besser als nichts, Harry. Wir müssen trotzdem noch weiter ausholen. Verflixt, ich hatte fest mit ihm gerechnet.« Maria trat kurz gegen ein imaginäres Schienbein.

»Hören wir uns nochmal in der Nachbarschaft von Kallage um, unserem Finder des Tatwerkzeugs«, schlug Scharnweber vor.

»Alles auf Anfang – wir müssen nochmal komplett von vorne rangehen. Ok, haben wir wen beim Kaufmann?«

»Um die Observation kümmern wir uns, Maria. Und um den Fundort ebenfalls«, sagte Scharnweber und verließ umgehend das Büro.

»Haben wir bereits einen Durchsuchungsbeschluss für Birgit Müller? Die ist jetzt ja wohl unsere erste Wahl.«

»Der liegt vor. Die Kollegen sind bereits auf dem Weg zum Wohnhaus, Gose.«

»Ich werde mich nochmal bei der Stadtverwaltung umhören.«

»Mach das, ich fahr nochmal zu der Müller – du gehst ja sicher zu Fuß.«

»Ach Gose ...«

***

Der dramatische Vorfall vom letzten Dienstag schien auf den Betrieb in der Stadtverwaltung keine Nachwirkungen zu haben. Freundliche Gesichter einiger Bediensteter begrüßten Maria auf dem Flur, aus dem Büro neben dem von Paul Richter drang das fröhliche Lachen zweier Frauen. Überrascht stellte sie fest, dass Müllers Büro neu vergeben werden soll – es war leer und eine Malerin war gerade damit beschäftigt, den Wänden einen neuen, weißen Anstrich zu verpassen.

»Das geht ja schnell bei euch mit der Neubelegung.«

»Moin, Frau Fortmann. Das Renovieren meinen Sie? Hat die Abteilungsleitung so entschieden. Und er wurde ja nicht darin ermordet.« Auch Richter schien in guter Stimmung zu sein – mit einem Lächeln wie für eine Zahnpastawerbung bot er ihr einen Stuhl gegenüber seinem an.

»Abteilungsleitung? War Johann Müller nicht der Abteilungsleiter?«

»Er war der Marktmeister. Ich meinte noch eine Ebene höher.« Mit einem verschwörerischen Lächeln deutete sein Zeigefinger nach oben.

»Und den Posten übernehmen jetzt Sie?«

»Gott bewahre.« Er hielt abwehrend beide Hände mit den Handflächen nach vorne. »Das macht jetzt Herr Reimann.«

»Ach, aber der war bisher nicht im Ausschuss, richtig?«

»Nein, er wollte damals, aber die Wahl fiel seinerzeit auf Johann.« Richter beugte sich vor und senkte die Stimme: »Aber im Vertrauen: dieser Job ist nicht unbedingt begehrt. Meist hat man nur Arbeit und Stress, Dankbarkeit braucht man nicht erwarten. Und das alles nur, um beim Stoppelmarktumzug in einem der ersten Waggons zu sitzen.« Er lachte laut auf. »Für einen Typen wie Johann Müller war das genau das Richtige.« Richter stand auf, ging zur Tür und spähte auf den Flur. Dann drehte er sich zu Maria. »Für Walter Reimann ist das wahrscheinlich nichts.«

»Warum meinen Sie das?

»Naja, er ist ruhig, zurückhaltend – schon fast introvertiert. Keine Ahnung, wie er reagiert, wenn der erste Bewerber wutentbrannt in seinem Büro aufschlägt und sich beschwert. Für Johann waren so etwas die Highlights seines Tages.«

»Ist das schon vorgekommen?«

»Mehrfach, aber es ging immer gut aus. Vorausgesetzt, der Mord an Johann hat nicht darin seinen Ursprung – dann ging es nicht immer gut aus.«

»Ihr Mitleid und auch das der Belegschaft hier scheint sich in Grenzen zu halten, gemessen an der Stimmung hier.«

»Frau Fortmann, wir sind Stadtbedienstete und es ist Freitag Mittag. Was erwarten Sie denn so ein paar Minuten vor dem Wochenende?« Lachend ging er zu seinem Schreibtischstuhl und setzte sich wieder. »Und dass Müller nicht sonderlich beliebt war, haben Sie während Ihrer Ermittlungen sicher schon häufiger gehört, schätze ich mal.« Wenige Minuten später verließ Maria nachdenklich das Gebäude über die Tiefgarage. Erst in dieser fiel ihr wieder ein, dass sie zu Fuß dort war. Du brauchst mehr Schlaf, Maria, einfach mehr Schlaf.

***

Kurz nach den Kollegen rollte Goselüschen mit dem Audi auf die Hofeinfahrt von Birgit Müller. Er fand es immer schon am aufschlussreichsten, wenn man Zeugen in einer Stresssituation vernahm. In einer solchen waren impulsive Versprecher, die zur Aufklärung einer Straftat beitrugen, deutlich häufiger zu erwarten, als wenn sich der Befragte in ruhiger Atmosphäre auf die Fragen vorbereiten konnte.

Überrascht stellte er fest, dass Birgit Müller die Ruhe in Person zu sein schien. Die Haustür stand bereits offen, da Polizisten sichergestelltes Material in den Wagen schaffen mussten. So trat er ein und fand Frau Müller in der Küche sitzend vor. Auf dem Tisch stieg Dampf aus einer großen Tasse Cappuccino.

»Wenn Sie sich beeilen, können Sie sich noch einen machen, bevor Ihre Kollegen auch den Kaffeeautomaten rausschleppen«, begrüßte sie ihn. So etwas ließ sich ein Goselüschen nicht zweimal sagen. Er nahm eine Tasse von der Arbeitsfläche und stellte sie unter die Düse der Maschine. Noch mit dem Rücken zu ihr stehend fragte er:

»Sie scheinen nicht überrascht zu sein wegen der Hausdurchsuchung?«

»Nein, im Gegenteil. Ich wundere mich, warum das nicht schon am Dienstag gemacht wurde.« Mit der gefüllten Tasse setzte sich Goselüschen zu ihr an den Tisch.

»Vielleicht wollten wir Sie in Sicherheit wiegen. Haben Sie etwas zu sagen?« Sie lachte schnaubend:

»Wollen Sie wissen, ob ich den Mord gestehe? Sagen wir mal so: Wenn ich es gewesen wäre, dann würde ich es tatsächlich zugeben. Nach allem, was mir dieser Mistkerl zugemutet hat, wäre ich fast stolz drauf. Aber ich muss Sie leider enttäuschen, ich war es nicht.«

»Nun, Sie haben ein Motiv und kein Alibi. Falls wir etwas finden, sieht es düster für Sie aus.«

»Sie machen nur Ihren Job, ich weiß. Aber hier verschwenden Sie Ihre Zeit. Ich hab keine Ahnung, wer es war – ich kann nur sagen, dass ich es nicht gewesen bin.«

»Die wenigsten Täter geben am Anfang zu, dass sie es waren.« Goselüschen lächelte, Birgit Müller tat es ihm gleich.

»Wissen Sie, das schlimmste ist jetzt die Beerdigung am nächsten Dienstag. Alle erwarten die trauernde Witwe, obwohl die meisten genau wissen, was für ein Mensch Johann war. Die absolute Bigotterie. Südoldenburger Scheinheiligkeit.«

»Ich komme aus Ostfriesland, mir müssen Sie vom Spießbürgertum nichts erzählen. Wir haben das erfunden«, sagte er zwinkernd.

»Den Kaufmann mussten Sie wieder laufen lassen?«

»Die Nachrichten sprechen sich hier ja schnell herum. Aber ja, es stimmt. Details dazu darf ich jedoch nicht preisgeben.«

»Wir sind hier in Vechta, sieht aus wie eine Stadt, die oberen Zehntausend benehmen sich wie Großstädter – nichtsdestotrotz ist Vechta doch nur ein Dorf. Ich glaube eh nicht, dass es der Kaufmann war. Allerdings habe ich auch keinen besseren Verdächtigen – außer mich. Aber darauf sind Sie ja bereits gekommen.«

Mit gemischten Gefühlen machte sich Goselüschen auf den Weg. Er hatte den Verlauf des Gespräches anders erwartet.

***

Kleine Geschenke erhalten die Freundschaft, dachte sich Goselüschen, als er beim Durchfahren der Driverstraße eine Bäckerei Fortmann erblickte. Und was kann ich meiner Kollegin Fortmann besseres mitbringen, als ein Stück Kuchen vom Bäcker Fortmann?

»An dich habe ich auch gedacht, Harry.« Freudestrahlend breitete Goselüschen die Auswahl diverser Teigwaren auf dem Tisch aus.

»Willst du dich einschleimen?«, fragte Scharnweber.

»Nein, nur den ekligen Kaffee hier erträglich machen. Leider hatten die nichts mit Fisch drauf – ich hab extra nachgefragt, Maria.«

»Sehr witzig, Gose. Etwas eklig, aber witzig.« Müdigkeit schien hungrig zu machen, dachte sie, griff sich ein Stück Kuchen mit Äpfeln aus dem Alten Land und biss herzhaft hinein.

»Die Müller war cool wie ein Eisblock«, erzählte Goselüschen schmatzend. »Sie war nicht im geringsten überrascht, aber absolut gefasst.«

»Bei der Stadt nichts außergewöhnlich Neues. Der Reimann übernimmt jetzt Müllers alten Job, darum reißt sich aber wohl keiner. Ansonsten trägt auch dort niemand Trauer.«

»Wir haben die meisten Anwohner rund um den Fundort des Tatwerkzeugs befragt.« Harald Scharnweber besah sich ein Plunderstückchen von allen Seiten. »Ein Nachbar von gegenüber ist Dienstag morgen gegen fünf zum Dienst gefahren. Arbeitet als Arzt im Marienhospital. Er kennt Kaufmann und hat ihn auch dort vorbeigehen sehen. Ihm ist nichts Ungewöhnliches aufgefallen, allerdings dämmerte es noch und Details konnte er nicht erkennen. Er hätte ihn gegrüßt und Kaufmann soll den Gruß unaufgeregt erwidert haben. Danach hätte er nicht weiter auf ihn geachtet und wäre losgeradelt.« Gerade wollte er fortfahren, da klingelte das auf dem Tisch stehende Telefon.

»Moin. Ja ... ja ... alles klar. Danke erstmal.« Gespannt schauten Goselüschen und Maria ins Gesicht ihres Vechtaer Kollegen. »Das Messer ist von derselben Firma und Linie wie anderes Besteck im Haushalt der Müllers.« Goselüschen stieß einen erstaunten Pfiff aus, Maria guckte nachdenklich.

»Das kann Zufall sein – muss aber nicht.« Sie schaute zu Scharnweber, der schaltete sofort, griff abermals zum Telefon und wies eine Kollegin an, Frau Müller zur Dienststelle zu bringen.

***

Birgit Müller schien bereits auf ihre Vernehmung vorbereitet gewesen zu sein. Nichts war mehr zu sehen von diesem kleinen Mauerblümchen, als die sie Goselüschen und Maria bei ihrer ersten Begegnung kurz nach der Tat wahrgenommen hatten. Sie trug ein beiges Kostüm, das maßgeschneidert sein hätte können, mit einem Rock, der kurz über ihren Knien endete und ihre wohlgeformten Beine zeigte. Dezentes Make-up sorgte dafür, dass aus ihr eine äußerst attraktive Frau mittleren Alters wurde. Sie legte immer noch dieselbe Coolness an den Tag, die Goselüschen bereits am Vormittag bei ihr wahrgenommen hatte. Sie nahm auf dem Stuhl gegenüber der beiden Kommissare Platz, rückte damit etwas zurück und überschlug ihre Beine.

»Was kann ich für Sie beide tun?« Ihre Stimme klang freundlich aber kalt. Kurz erinnerte Goselüschen die Situation an den Film *Basic Instinct.* Schnell zwang er sich, diesen Gedanken zu verdrängen – schließlich endete im Klassiker des Erotikthriller-Genres mit *Michael Douglas* und *Sharon Stone* in den Hauptrollen die Nebenrolle des missmutigen und übergewichtigen Polizisten erstochen im Fahrstuhl. Und darauf wäre er überhaupt nicht scharf.

»Erkennen Sie das wieder?«, fragte Maria und schob Birgit Müller Farbfotos des Messers über den Tisch. Lässig beugte sich die Angesprochene vor und griff nach den Bildern. Ihre Gesichtszüge änderten sich im Bruchteil einer Sekunde. Die Kommissare konnten sehen, wie Birgit Müller nach den richtigen Worten suchte.

»Nein. Das sieht aus wie jedes andere Messer auch.« Übertrieben beiläufig legte sie die Fotos zurück.

»Sind Sie sicher? Schauen Sie nochmal genau hin.« Goselüschen schob sie wieder in ihre Richtung.

»Nein, verdammt. Was soll das denn?«, fragte sie mit nervöser Stimme. Maria und Goselüschen sahen sich an, dann sagte Maria:

»Nun, Sie besitzen in Ihrem Haushalt Messer, die identisch zum Tatwerkzeug sind. Wir können 1-2 Tage abwarten, bis uns das Labor sagt, ob es zum selben Set gehört, oder sie sa-« Birgit Müller unterbrach sie:

»Ist ja gut. Ja, das sieht genau so aus wie meine Messer, und genau so eines vermisse ich auch schon seit Wochen. Aber ich habe nichts mit dem Mord zu tun. Gar nichts!«

»Was heißt: Sie vermissen es?«

»Meine Messer liegen in der Schublade, nicht in einem Messerblock. Ich habe mehrere Fleischmesser. Einmal suchte ich nach dem, welches dem auf dem Bild ähnelt, fand es aber nicht. Ich ging davon aus, dass ich es wohl woanders hingelegt hatte und benutzte ein anderes. Danach hab ich nicht mehr drüber nachgedacht.«

»Das ist sehr dünn, Frau Müller, sehr dünn.« Goselüschen schüttelte langsam den Kopf.

»Herrschaftszeiten, was soll ich denn sonst sagen? Ich war es nicht, das müssen Sie mir glauben!« Die anfängliche Coolness war mittlerweile verflogen und Birgit Müller sackte schluchzend auf ihrem Stuhl in sich zusammen.

»Das einfachste wäre es, wenn Sie uns die Wahrheit sagen.«

»Das ist die verfluchte Wahrheit! Ich war es nicht! Und ja, ich bin nicht traurig, dass er tot ist und meinetwegen könnte der Mörder eine Belohnung dafür bekommen – aber ICH HABE IHN NICHT GETÖTET!« Sie schrie die letzten Worte und ihre Stimme überschlug sich.

***

Harald Scharnweber hatte das Verhör vom Nebenzimmer aus verfolgt.

»So langsam nimmt alles Konturen an«, stellte er fest, nachdem Maria sich zu ihm gesetzt hatte. Goselüschen stand bei der Kaffeemaschine. Eine junge Kollegin steckte den Kopf durch die Tür:

»Habt ihr eben Zeit? Wir haben vielleicht etwas bei der Telefonüberwachung.«

»Schieß los«, sagte Scharnweber.

»Wir haben gerade ein Telefonat Kaufmanns von seinem Bürotelefon im Getränkemarkt aufgenommen. Was geredet wurde, hörte sich erstmal nicht so interessant an, aber vielleicht, dass der Anruf vom Anschluss Martin Müllers kam, einem der Söhne des Opfers.

»Worum ging es?«, wollte Goselüschen wissen.

»Martin Müller fragte nach, ob es bei morgen 9 Uhr bleiben würde. Das bestätigte Kaufmann, dann war das Gespräch vorbei.« Sie schaute nochmal fragend in die Runde. Als niemand reagierte, verschwand sie wieder im Korridor. Im Konferenzraum schauten sich die drei Ermittler sprachlos an. Maria versuchte, das Puzzle in ihrem Kopf zusammenzusetzen, doch die ganze Angelegenheit wurde immer undurchsichtiger.

»Was machen wir damit, hängen wir uns morgen dran?«, fragte Scharnweber in die Runde. Goselüschen und Maria überlegten, bevor Maria antwortete:

»Wir haben ja eh die Kollegen vor Ort«, sagte Maria in Gedanken versunken. Sie starrte auf die Tageszeitung, die Goselüschen heute Vormittag vom Bäcker mitgebracht hatte und die seitdem unberührt auf dem Tisch lag. Plötzlich griff sie nach ihr und einen Moment später zum Telefon. Nach dem kurzen Gespräch, in dem ihr ein Rückruf während der nächsten Viertelstunde zugesagt wurde, klärte sie ihre Kollegen auf. Zwanzig Minuten später erfolgte er. Maria kritzelte die gewünschten Informationen auf einen kleinen Zettel. Harald Scharnweber erklärte ihr den kürzesten Weg, darauf machte sie sich mit Goselüschen auf den Weg.

Zehn Minuten später hielten sie auf dem Hagen vor einem schlichten Einfamilienhaus mit den gelben Verblendern, die in den 80ern angesagt waren. Eine verlebt wirkende, rothaarige Frau, die Maria auf ungefähr 60 schätzte, öffnete ihnen die Tür. Nachdem sich die Polizisten vorgestellt hatten, bat die Hausherrin, der Maria gedanklich eine Zahnsanierung dringend ans Herz gelegt hätte, freundlich mit den Armen rudernd ins Eigenheim. Sie geleitete die beiden durch einen hellen, schmalen Flur ins überraschend gemütlich eingerichtete Wohnzimmer, in dem sie um einen Esstisch aus massivem Ahorn Platz nahmen. Bevor Maria sich versah, hatte die Gastgeberin wie aus dem Nichts drei Gläser auf den Tisch gestellt und füllte sie gerade mit Mineralwasser.

»Im Dienst dürft ihr ja nichts Alkoholisches«, sagte sie und kicherte.

»Ähm, nein. Danke«, sagte Maria. Sie schaute auf die gegenüberliegende Wand, die über und über mit Familienfotos bedeckt war.

»Da sind alle Kinder und alle Enkel drauf. Ich hab sogar schon zwei Urenkel«, erklärte die Frau. Maria lächelte sie an und nickte.

»Da haben Sie ja sicher immer ein volles Haus zu Weihnachten.«

»Darauf können Sie Ihren kleinen Hintern verwetten, da geht es hier zu wie im Taubenschlag.« Maria schaute zu Goselüschen, der breit grinste.

»Das überlege ich mir zur Sicherheit noch«, antwortete sie.

»Was kann ich denn für euch tun? Ich bin ganz aufgeregt.«

»Es geht um Ihren Job. Wir haben Ihre Adresse von der Oldenburger Volkszeitung – Ihrem Arbeitgeber.«

»Meinen Job? Bin ich zu schnell geradelt beim Austragen?« Wieder kicherte sie.

»Nein, keine Sorge. Sie haben nichts angestellt.«

»Das weiß ich doch, Kindchen.« Goselüschen unterdrückte mit Mühe ein Lachen, Maria kräuselte kurz die Stirn und fuhr dann fort:

»Sie tragen die Zeitung bei der Uni aus, ist das richtig?«

»Ja, seit über 20 Jahren schon. Und ich war in der ganzen Zeit nur einen Tag krank«, sagte sie stolz.

»Das ist vorbildlich«, sagte Goselüschen. Er zog ein Foto Kaufmanns aus der Tasche. »Kennen Sie diesen Mann?«

Die Angesprochene kniff die Augen zusammen und fixierte das Bild. Nach kurzer Überlegung antwortete sie:

»Ja klar, den kenn ich. Wie der heißt, weiß ich nicht, aber das ist einer von den reichen Leuten hier. Der wohnt hinten bei der Uni. Ein freundlicher Mann.« Die Antwort war schonmal gut, dachte Maria.

»Um welche Uhrzeit machen Sie Ihre Tour?«

»Ich radel hier meistens um halb fünf los. Mein Fahrrad stell ich dann bei der Uni ab und mach die erste Hälfte zu

Fuß. Dann fahr ich weiter und erledige den Rest mit´m Rad. Beim Tannenhof. Ich hab die ganzen reichen Kunden. Das gibt immer gut Weihnachtsgeschenke. Sie glauben ja gar nicht, wie großzügig die Leute in der Weihnachtszeit sind, das macht richtig Spaß, so früh morgens schon Geschenke zu kriegen. Nur bei den Lehrern gibt´s nicht so viel, die sind meist geizig. Ungefähr um acht bin ich fertig. Außer, wenn es regnet, dann bin ich schneller. Und wenn es schneit, dann dauert es länger. Aber jetzt schneit´s ja noch nicht.« Abermals schloss sie mit einem Kichern.

»Können Sie sich noch an Ihre Tour vom Dienstag erinnern?«, fragte Maria. Die Frau hielt sich mit großen Augen die Hand vor den Mund:

»Am Tag als dieser schreckliche Mord passierte? War der Mann vom Foto der Täter?« Diesmal kicherte sie nicht.

»Das sind Routinefrage, gute Frau. Haben Sie ihn am Dienstag auf der Tour gesehen?«, fragte Goselüschen. Sie biss sich auf die Unterlippe, setzte sich und trommelte mit den Fingern auf der Tischplatte.

»Lassen Sie mich kurz überlegen – ja, den hab ich gesehen.« Marias Puls stieg weiter an:

»Wissen Sie noch, wo Sie ihn gesehen haben?«

»Hmm, ja, das war kurz vor seinem Haus. Ich kam gerade von seinem Nachbarn.« Verdammt, zu weit weg vom Fundort, dachte Maria.

»Ist Ihnen irgendetwas an ihm aufgefallen?«, fragte Goselüschen.

»Nein, er hat freundlich gegrüßt wie immer. Ich sag doch, er ist ein netter Mann.«

»Ja, das sagten Sie bereits. Ist Ihnen sonst irgendetwas aufgefallen?« Wieder überlegte sie kurz, dann schüttelte sie den Kopf:

»Nee, leider nicht.« Die Kommissare standen auf und die Zeitungsbotin brachte sie an die Haustür.

»Falls Ihnen noch irgendwas einfällt, hier können Sie uns erreichen.« Er drückte ihr seine Visitenkarte in die Hand.

»Natürlich. Ich helfe wo ich kann.«

Maria wollte gerade den Wagen starten, da klopfte jemand am Fenster der Beifahrertür. Goselüschen zuckte kurz, erkannte dann die Frau von eben und senkte die Scheibe.

»Mir ist noch etwas eingefallen. Wahrscheinlich ist das Quatsch, aber das fand ich schon komisch.« Goselüschen bedeutete ihr, sich auf den Rücksitz zu setzen. Nachdem sie die Tür geschlossen hatte, forderte er sie auf:

»Dann erzählen Sie mal, wir sind ganz Ohr.«

»Nun, da fuhr ein Auto rum. Ganz langsam. Ich hab schon gedacht, das verfolgt mich.« Sie versuchte, ein möglichst erschrockenes Gesicht zu machen. »Dann dachte ich, dass es die Polizei wäre. Stoppelmarkt passiert ja immer viel. Aber da saß nur eine Person drin. Und ihr fahrt ja immer zu zweit.« Sie zwinkerte Goselüschen zu und zeigte ihr ruinöses Gebiss.

»Was war das für ein Fahrzeug und wo haben Sie es gesehen?«, wollte Maria wissen.

»Ein Mercedes, glaube ich. So ein Geländewagen. Dunkelblau oder dunkelgrün. Auf jeden Fall ziemlich dunkel.«

»Und was war daran so auffällig?«

»Nicht die Automarke, Kindchen, davon fahren jede Menge in der Gegend rum.« Abermals ertönte ihr Kichern. »Na, der fuhr so langsam da rum, als ob der irgendwas sucht. Hielt immer mal kurz an und fuhr weiter. Nach ein paar Mal ist er ausgestiegen und schnell wieder ins Auto gestiegen und weggefahren, als er mich gesehen hat.«

»Den Wagen hat demnach ein Mann gefahren?«

»Äh, nee, Herr Kommissar. Das weiß ich nicht. Es war ja noch nicht richtig hell. Und ich war ja noch `n paar Meter weg.«

»Demnach haben Sie das Kennzeichen ebenfalls nicht erkennen können?«

»Nein, nur das VEC hab ich gesehen, als er an mir vorbeigebraust ist.«

»Können Sie sagen, wie groß die Person in etwa war?«

»Nein, ich hab es auch erst gemerkt, als die Autotür zuknallte, dass er – oder sie ausgestiegen ist. Ich war am arbeiten, das versteht ihr doch, da muss ich mich schon konzentrieren.«

»Und das war auch in der Nähe des Hauses von dem Mann vom Foto?«

»Nee, das war etwas später. In der nächsten Straße, der Driverstraße.«

»Vielen Dank, Sie haben uns sehr geholfen.«

»Das hab ich gern gemacht. Ich hoffe ja, dass ihr den Verbrecher schnell findet. Man kann sich ja gar nicht mehr sicher sein. Wirklich schlimm.« Sie seufzte und schüttelte mit dem Kopf.

***

Es dauerte einige Minuten, bis sie die Zeitungsbotin aus ihrem Wagen bekommen hatten. Sie erwies sich als überaus neugierig, die Ermittler ließen sich jedoch keine weiteren Informationen entlocken. Später auf der Dienststelle brachten sie Harald Scharnweber auf den neuesten Stand.

»Du weißt, wer einen dunkelgrünen Mercedes SUV fährt?«

»Wenn du mich so fragst, Gose, tippe ich auf die Müller«, antwortete Scharnweber.

»Korrekt. Und damit zieht sich die Schlinge um ihren Hals zusammen: Sie fährt einen dunklen SUV, das Tatwerkzeug stammt aus ihrer Küche, sie hat ein Motiv, wenn auch ein wackliges, und kein Alibi.«

»Das sollte reichen, um sie erstmal hier zu behalten. Ich bin gespannt, was die Observation vom Treffen Kaufmanns mit dem jungen Müller morgen ergibt.« Maria griff nach einem der letzten Kuchenteilchen, die immer noch auf dem Tisch standen, und knabberte lustlos daran herum.

»Leute, jetzt macht nicht so ein bedröppeltes Gesicht. Was haltet ihr von einem kleinen Feierabendbierchen?«

Goselüschen schien sofort Feuer und Flamme zu sein, Maria hingegen hatte die Einladung nicht mitbekommen.

»Erde an Fortmann!«, rief Goselüschen. Maria zuckte kurz.

»Was gibt´s?«

»Harry lädt uns auf ein Bier ein.«

»Von einladen war nicht die Rede«, entgegnete er lachend.

»Komm schon, Maria. Vor morgen können wir eh nichts machen.« Die Männer wandten sich zum Gehen, Maria war immer noch in Gedanken versunken. Irgendwas passte hier nicht zusammen. Erst sah es eindeutig nach Kaufmann aus – jetzt schien die Müller offensichtlich die Täterin zu sein. Aber etwas störte sie an der ganzen Geschichte. Nur was?, dachte sie. Bevor sie sich weiter den Kopf zerbrach, sollte sie sich etwas ablenken, das hatte schon so manches Mal das sprichwörtliche Brett vorm Kopf zerschlagen und zum ausschlaggebenden Einfall geführt.

»Wohin willst du uns denn entführen?«, fragte sie schließlich.

»Ich dachte, wir statten Pablo einen Besuch ab. Dann hab ich es auch nicht so weit nach Hause.«

»Wohnst du etwa immer noch am Kuhmarkt?«

»Natürlich, das ist die beste Wohnlage in Vechta. Im Umkreis von hundert Metern habe ich zwei Kneipen und zwei Restaurants, und fast nebenan eine der besten Bäckereien der Stadt, wenn nicht gar die beste. Was braucht man als Alleinstehender mehr?«

»Willst du etwa Mitleid von uns? Dafür sind wir die falschen Ansprechpartner.«

»Warum? Du bist doch nur Single, weil deine Frau dich rausgeworfen hat. Und Maria, weil ihr keiner gut genug ist.«

»Na, das verspricht ein lustiger Abend zu werden«, sagte Goselüschen. »Dann auf zum Stierbräu.«

***

Obwohl es heute Abend trocken war, bevorzugten die drei den Innenraum der rustikalen Kneipe. Auf bequemen Barhockern saßen sie um ein als Stehtisch umfunktioniertes Holzfass. Wie viele Frauen litt auch Maria unter chronischem Frieren und hatte sich für den Platz vor dem Holzkamin entschieden, der trotz dieser Jahreszeit bereits befeuert wurde.

»Pass auf, dass du dir nicht den Hintern wegbrennst«, sagte Goselüschen. Wie häufig erntete er auch dieses Mal ein Kopfschütteln seiner blonden Kollegin. Johanna, die aus Bayern stammende Bedienung, servierte ihnen gerade eine Runde selbstgebrautes Dinkelbier, als der Wirt kurz seinen Kopf aus einem Nebenraum steckte und Scharnweber einen Gruß zuwarf, den Harald erwiderte:

»Da füllt er das Bier ab«, erklärte er seinen Gästen. »Die Leute trinken dieses schmackhafte Gebräu so gerne, dass sie es kistenweise mit nach Hause nehmen. Ist ja auch klar, so was in der Art bekommt man nicht so einfach im Laden.«

»Ne, da muss ich dir zustimmen«, sagte Goselüschen. »Dinkelbier hab ich noch nicht so häufig im Regal gesehen, schon gar nicht in so einer Variation.«

»Maria, du als Frau hast keine Meinung dazu, was? Oder was ist los mit dir?« Scharnweber war der geistesabwesende Gesichtsausdruck seiner Kollegin aufgefallen.

»Ich weiß nicht, ich bin irgendwie unzufrieden und krieg es nicht aus dem Kopf.«

»Warum?«, fragte Goselüschen. »An sich dürfte doch alles klar sein.«

»Ach kommt, ihr wisst doch selbst, dass irgendwas an der Geschichte nicht stimmen kann. Erstmal muss die Müller schon ziemlich optimistisch gewesen sein, wenn sie mit ihren 1,60 m und vielleicht 55 kg diesen langen Kerl mit einem Messer angreift. Dann schleppt sie ihn noch meterweit durch die Gegend? Und wenn man danach geht, wie sie morgens aussah, hatte sie zur Tatzeit einige Lampen am Glühen. Das hätte die ganze Sache bestimmt nicht besser gemacht. Es sei denn, sie hat sich erst nach dem Mord zugelötet.« Die Männer schwiegen, auch Maria fiel wieder in ihren gedankenverlorenen Zustand. Minuten später brach Goselüschen das Schweigen:

»Nun, warten wir erstmal ab, was sich morgen früh ergibt. Das ist schon sehr interessant, dass der junge Müller da was mit dem Kaufmann am Laufen hatte. Das wäre für mich auch eine Erklärung, wie Kaufmann an das Messer gekommen sein könnte.«

»Du meinst, der Sohn vom Müller hätte es von zu Hause besorgt?«, fragte Scharnweber erstaunt.

»An die Möglichkeit dachte ich auch bereits«, fügte Maria hinzu. »Ebenfalls schließe ich nicht aus, dass die Mutter mit dem Sohn zusammen da drin hängt.«

»Sei es, wie es ist – wir werden es herausbekommen. Johanna, bringst du uns bitte noch drei?« Goselüschen hatte die Gelegenheit beim Schopfe ergriffen, als die Bedienung vom Nachbartisch zurückgekommen war.

***

Schweißnass gebadet schreckte die Gestalt aus dem Schlaf. Was hatte sie nur für einen schrecklichen Albtraum gehabt? Sie hatte jemanden kaltblütig ermordet. Das fahle Mondlicht fiel durch ein kleines Fenster und tauchte den Raum in eine schummrige Atmosphäre. Es müsste mitten in der Nacht sein. Ganz langsam wurde ihr bewusst, dass es kein Traum gewesen war. Augenblicklich krampften sich ihre Gedärme zusammen und nur mit Mühe unterdrückte sie einen Schrei – den stummen Schrei ihrer Seele. Hatte sie überhaupt noch eine Seele? Es war alles hoffnungslos! In dem Moment, in dem sie Johann Müller das Leben genommen hatte, endete auch ihr eigenes. Jeder Atemzug, den sie tätigte, und jedes Gefühl, welches sie empfand, beschämte sie. Sie hasste sich abgrundtief dafür, was sie getan hatte. Alles war vergebens. Wie oft in den letzten Tagen suchte sie auch jetzt Antworten und Hilfe von Gott. Mit tränengefüllten Augen verschränkte sie die Hände zum stillen Gebet. Wie jedes Mal in den letzten Tagen fand sie auch jetzt weder Trost noch eine Antwort.

Kapitel 11

Um Viertel vor neun lösten Maria und Goselüschen die beiden Kollegen der Nachtschicht ab. Sie hielten etwa 50 Meter vor dem Haus Kaufmanns, von wo man die vordere Hälfte des Grundstücks einsehen konnte, soweit es der hohe Zaun zuließ. Maria ging zur Fahrertür des Fahrzeugs, aus dem zwei Kollegen die nächtliche Observation vorgenommen hatten.

»Keine besonderen Vorkommnisse«, sagte der ältere Polizist, nachdem er das Fenster herunter gelassen hatte. »Besuch hat er gestern nicht gehabt, gegen ein Uhr ging das letzte Licht im Haus aus.«

»Danke euch und schönen Feierabend.« Maria kehrte zum Audi zurück und nahm wieder neben Goselüschen Platz, der ihr einen Kaffee im Pappbecher reichte.

»Zehn vor neun, ich bin gespannt«, meinte Goselüschen, bevor er herzhaft in ein Mettbrötchen mit Zwiebeln biss. Maria verzog davon angeekelt das Gesicht und konzentrierte sich dann auf die Einfahrt. Wenige Minuten später rollte ein grauer Lieferwagen an ihnen vorbei, blinkte und bog auf Kaufmanns Hof.

»Pünktlich wie die Maurer. Was machen wir, abwarten oder hingehen?« Maria überlegte kurz. Hören könnten sie eh nichts, also setzte sie auf Konfrontation.

»Wir gehen hin.« Mit zügigen Schritten erreichten die beiden schnell ihr Ziel. Kaufmann kam gerade aus der Haustür und ging mit dem jungen Mann, den sie sofort als Martin Müller erkannten, in Richtung des Lieferwagens. Martin zog gerade geräuschvoll die seitliche Schiebetür nach hinten, als Kaufmann die beiden entdeckte.

»Ach, unsere Freunde und Helfer. Das ist ja schön, dann könnt ihr gleich mit anpacken.« Ein überhebliches Lächeln ließ darauf schließen, dass er keineswegs überrascht vom Auftauchen der beiden war. Martin Müller hingegen wirkte nervös und blickte mehrmals zwischen Kaufmann und den Polizisten hin und her.

»Würden Sie uns teilhaben lassen und uns den Grund Ihres kleinen Treffens hier mitteilen?« Maria sprach in ihrer gewohnt ruhigen Stimme. Müller blickte zu Kaufmann:

»Wussten Sie, dass die hier aufkreuzen, oder was?«

»Ich wusste es nicht, aber es wundert mich auch nicht. Die haben offensichtlich nichts Besseres zu tun.« Er lachte schallend.

»Würde bitte einer der Herren meine Frage beantworten?«

»Ich, äh ..., ich mache den Garten von Herrn Kaufmann. Aber nicht schwarz, falls Sie das denken.« Die Nervosität in seiner Stimme stieg.

»Wir sind nicht vom Zoll, also entspann dich«, sagte Goselüschen und warf einen Blick in den Wagen. Tatsächlich konnte er außer Gartengeräten nichts erkennen.

»Die Sachen darf ich benutzen, solange unsere Kunden, für die wir am Wochenende arbeiten, das Material in unserer Firma bestellen.«

»Ist das so?«, fragte Maria an Kaufmann gerichtet, der in selbstgefälligem Ton antwortete:

»Allerdings. Wollt ihr mich deswegen wieder verhaften?« Er lachte abermals laut auf. »Wenn ihr mich dann entschuldigen würdet, ich muss ins Büro. Arbeitsklamotten und Handschuhe findet ihr in der Garage.« Er nickte in Richtung Doppelgarage, deren Tor halb geöffnet war. Dann ließ er die drei stehen, stieg in seinen roten Jaguar und fuhr mit quietschenden Reifen vom Hof. Maria starrte ihm einige Sekunden hinterher und wandte sich dann an den jungen Müller:

»Jetzt erzählen Sie mir mal bitte, warum ausgerechnet Sie für Kaufmann arbeiten?«

»Sie meinen, weil er Streit mit meinem Vater hatte?

»Ich glaube nicht, dass man das noch als einfachen Streit bezeichnen kann«, warf Goselüschen ein.

»Nun, er hatte mich vor zwei Jahren mal angesprochen, ob ich das privat machen wollen würde – wir waren von der Firma mal zur Neuanlage des Vorgartens hier.« Er zeigte auf einige große, mit Quarzsteinen eingefasste Beete, in denen verschiedenste Sträucher in allen erdenklichen Farben wuchsen. Viele davon hatte Maria noch nie gesehen. »Die sind schön, nicht? Die Hälfte hat unsere Firma aus Asien für ihn importiert – die gibt es sonst kaum in Deutschland.«

»Ja, sehr schön«, grummelte Goselüschen. »Aber wir sind nicht wegen der Blumen hier.«

»Naja, ich denk schon, dass er mich gefragt hat, um meinem Alten einen reinzuwürgen. Ich fand den Gedanken auch gar nicht so schlecht. Außerdem bezahlt er mir das

Doppelte von dem, was die anderen Kunden zahlen. Und so viel verdiene ich als Gärtner nicht, dass ich darauf verzichten würde.« Verdammt, dachte Maria, das war ja ein Schuss in den Ofen.

»Sie wissen, dass wir Ihre Mutter bei uns haben?« Die Nervosität hatte Müller mittlerweile abgelegt, sie war einem leichten Trotz gewichen.

»Ja, aber sie hat unseren Vater nicht umgebracht, da bin ich mir sicher.«

»Wie können Sie da so sicher sein?«

»Weil ich´s bin.«

»Wann haben Sie Ihren Vater das letzte Mal gesehen?«, fragte Maria.

»Das hab ich doch alles schon Ihren Kollegen erzählt.«

»Erzählen Sie es nochmal, mir zuliebe.«

»Okay, wenn´s sein muss. Beim Stoppelmarktumzug. Da saß er wieder wie so ein König im Wagon des Zuges, der Herrscher über den Stoppelmarkt. Montag Nacht hatte ich kurz befürchtet, ihm über den Weg zu laufen, aber das war ja zum Glück nur sein kleines Hundchen.« Er lachte spöttisch auf. Maria sah ihn fragend an:

»Was meinen Sie mit Hundchen?«

»Na, seinen Schoßhund, den Reimann. Der hörte doch auf´s Wort, wenn mein Vater pfiff.«

»Moment«, schaltete Goselüschen sich ein. »Ihr Vater war mit Reimann befreundet. Und wie bisher jeder sagte: nur mit ihm.«

»Haha, klar, befreundet. Sie kannten halt meinen Vater nicht. Der hatte keine Freunde, auch nicht den Reimann. Warum der sich das alles gefallen lassen hat, weiß ich nicht. Das müssen Sie ihn selbst fragen. Jedenfalls würde ich meine Freunde nicht so behandeln.« In Marias Kopf begann es zu rattern. Waren sie wirklich die ganze Zeit so blind?

»Was meinen Sie mit so behandeln?«

»Ach kommen Sie, hat Ihnen das bisher niemand gesagt? Er hat alle nur benutzt: wenn er etwas brauchte, war er der größte Schleimer, wenn er die Leute nicht mehr brauchte, behandelte er sie wie Scheiße – auch und gerade den Reimann. Stellte ihn bloß, machte ihn lächerlich – bei jeder Gelegenheit. Wie gesagt: keine Ahnung, warum der sich das gefallen lassen hat.«

»Wann und wo haben Sie den Reimann in der Nacht gesehen?« Sie merkte, wie ihr Puls anstieg.

»Kurz bevor wir abgehauen sind. Er saß in einer Ecke bei Oldehus. Ich dachte erst, er würde auf unseren Alten warten, aber im Nachhinein, wenn ich es mir recht überlege – er sah doch eher so aus, als wollte er gar nicht gesehen werden.«

»Das hatten Sie unseren Kollegen nicht erzählt!«

»Ja, ich hielt das für nicht so wichtig. Außerdem hatte ich noch einen Kleinen sitzen, als die mich ausgefragt haben.«

»Danke. Gose, wir müssen los.« Sie zog den überraschten Goselüschen am Ärmel. Martin Müller sah ihnen kurz hinterher, schüttelte den Kopf und begann, die Geräte aus dem Lieferwagen zu holen.

»Oldehus ist wo?« Sie hatten gerade das Grundstück verlassen und Goselüschen wartete auf eine Antwort von Maria, die unterdessen den Autoschlüssel in ihrer Handtasche suchte.

»Das ist die Kneipe, an der der Kreuzweg beginnt. In der Nähe vom Stierbräu-Zelt.« Goselüschen hob erstaunt die Augenbrauen.

»Denkst du auch, was ich gerade denke?«, fragte er sie über das Dach des Audis hinweg. Maria hielt kurz inne und lehnte sich dann gegen den Wagen.

»Keine Ahnung, was du denkst – aber bei mir fügt sich langsam alles zusammen. Auch wenn ich damit überhaupt nicht gerechnet habe, muss ich zugeben.«

»So sieht es aus. Ich hatte ihn definitv auch nicht auf der Liste. Wir hätten Reimann von Anfang an etwas härter rannehmen sollen.« Die beiden stiegen ein und schlugen die Türen zu.

»Naja, hinterher ist man immer schlauer«, sagte Maria. »Aber es deutete wirklich alles auf Kaufmann hin und in 98 von hundert Fällen wäre er es auch gewesen und wir hätten den Fall schon längst zu den Akten gelegt.« Hätte, hätte, Fahrradkette, dachte sie ärgerlich bei sich und beschleunigte den Wagen.

***

Die Garage stand sperrangelweit offen, der Wagen parkte jedoch nicht darin und ebenso wenig auf dem Hof. Walter

Reimann war ausgeflogen. Wenn wir Glück haben, erwischen wir ihn bei seiner Mutter, sonst können wir eine Fahndung rausgeben, dachte Maria. Ihre innere Anspannung stieg minütlich.

Bereits von Weitem sahen sie Reimanns schwarzen Honda auf dem Parkplatz gegenüber der Seniorenwohngemeinschaft Pro Vita. Er fuhr mit dem Wagen direkt vor unserer Nase weg, schoss es Maria durch den Kopf.

»Frau Reimann wohnt oben rechts, WG 3«, erklärte ihnen eine untersetzte Frau mittleren Alters, die laut Schild auf ihrem Poloshirt den Namen Christine trug. Der Geruch von Desinfektionsmittel lag in der Luft.

»Danke«, sagte Maria und stieg die Marmortreppe hinauf. Goselüschen folgte ihr. Er verzichtete angesichts der Situation auf die Frage, ob sie nicht den Fahrstuhl benutzen wollten. Durch eine Glasscheibe in der Decke fielen Sonnenstrahlen ein und tauchten den geschmackvoll gestalteten Wohnbereich in helles Tageslicht. Nur kurz musste Maria sich orientieren, dann öffnete sie langsam die zweite Tür auf der rechten Seite.

»Moin, Herr Reimann. Wir hätten da mal einige Fragen an Sie.« Reimann saß mit dem Rücken zu ihnen neben dem Bett seiner Mutter und hielt ihre Hand. Maria konnte schwach das Auf und Ab des Brustkorbes der Bewohnerin unter der beigen Decke erkennen. Ihre Augen waren weit geöffnet und starrten einen Punkt an der Decke an. Außer den leisen Atemgeräuschen Frau Reimanns und dem Vogelgezwitscher, das von außen durch das gekippte Fenster drang, herrschte absolute Stille im Zimmer. Auf einem Tisch stand ein großer Strauß bunter Sommerblumen in einer Porzellanvase und sorgte für frischen Duft. Weder auf dem Linoleumfußboden noch auf der Fensterbank oder sonstwo konnte Maria auch nur ein Staubkorn entdecken. Entweder wischte Walter Reimann hier täglich durch oder diese Einrichtung hatte einen gehobenen Standard, dachte Maria anerkennend. Reimann schaute die Beamten nicht an, er nickte nur leicht.

»Apallisches Syndrom?«, fragte Goselüschen, der in der geöffneten Tür stehengeblieben war. Wiederum nickte Reimann:

»Seit acht Jahren. Sie hatte einen Unfall. Ein betrunkener Vollidiot hat sie stumpf überfahren. Sie kam gerade vom Gottesdienst aus der Sankt Marienkirche in Oythe. Welche Ironie, finden Sie nicht?« Maria und Goselüschen sagten nichts, daher fuhr er fort. »Irreparable Gehirnschäden sagen die Ärzte, keine Hoffnung auf Besserung. Und zumindest die letzten acht Jahre haben sie Recht behalten.« Maria zog sich einen Stuhl heran und setzte sich gegenüber von Reimann. Sie sah ihn an. Er erwiderte kurz ihren Blick und drehte dann den Kopf wieder zu seiner Mutter.

»Sie wissen, warum wir hier sind?«, fragte sie, worauf Reimann abermals schwach nickte.

»Ich hoffe«, flüsterte er.

»Wir hätten gern Ihre Autoschlüssel, das macht es den Kollegen einfacher.«

»Sie meinen, um es auf Spuren zu untersuchen? Das brauchen Sie nicht.« Erneut kamen die Worte nur als Flüstern aus Reimanns Mund.

»Sie wussten, dass Kaufmann nachts im Niedersachsenzelt zu finden sein würde. Deswegen fädelten Sie es ein, dass Müller mit Ihnen dort hinging. Dann fanden Sie schnell eine Möglichkeit, sich vorzeitig von Müller zu verabschieden. Sie holten das Messer, welches Sie vermutlich in Ihrem Wagen liegen hatten, den Sie beim Stoppelmarkt geparkt hatten.« Reimann sackte in sich zusammen, faltete seine Hände und senkte den Blick. »Daraufhin gingen Sie in Richtung Kreuzweg und hielten sich dort in der Nähe auf. Sie wussten, dass Müller da früher oder später vorbeikommen würde. Nachdem er Ihr Versteck passiert und seine Auseinandersetzung mit Kaufmann beendet hatte, sind sie hinterher und warteten einen Moment ab.« Reimann nickte kaum merklich. »Als Sie sicher waren, dass Sie unbeobachtet handeln würden können, ergriffen Sie die Gelegenheit: Sie erstachen Müller und zogen ihn ins Maisfeld. Danach gingen Sie zum Auto und folgten Kaufmann. Wahrscheinlich wollten Sie das Messer in seinem Garten loswerden, aber als Sie die Zeitungsfrau gesehen haben, warfen Sie es schnell in den nächstbesten Garten.« Reimann hob langsam den Kopf, die Augen waren mit Tränen gefüllt. Dann blickte er wieder auf seine Hände.

»Ja«, kam fast tonlos.

»Müller hat Sie schlecht behandelt, so wie offensichtlich alle anderen, mit denen er zu tun hatte. Nur, warum haben

Sie sich das gefallen lassen?« Goselüschen hatte zu Beginn seinen Notizblock und den Stift gezückt – Aufzeichnungen machte er jedoch nicht, sondern folgte gebannt der Szenerie, die sich vor ihm abspielte.

»Er hat mich erpresst.« Reimann räusperte sich, die dünne Stimme wurde etwas fester. »Ich hab vor Jahren im Amt ein paar Dinge gemacht, für die ich nicht nur entlassen, sondern wahrscheinlich auch strafrechtlich verfolgt worden wäre. Dummerweise hatte ich ihm davon erzählt. Ich dachte damals, er wäre mein Freund.« Jetzt schaute er Maria ins Gesicht. »Wissen Sie, wie es ist ohne Freunde? Ich hatte nie welche. Ich war immer der schüchterne Bauernsohn, der neben seiner Größe nur durch sein Stottern auffiel. Die Mädchen haben sich über mich lustig gemacht, die Jungs haben mich verprügelt.« Maria nahm ihm jedes Wort ab und es stach ihr ins Herz, aber der Mann vor ihr war ein Mörder.

»Nein, das weiß ich nicht«, gestand sie.

»Johann schien anders zu sein. Er hörte mir zu, nahm mich in seine Kneipe mit. Ich war ihm dankbar. Später erst merkte ich, dass er das nur tat, um mich auszunutzen. Leider hatte ich ihm mein Geheimnis da schon verraten.«

»Deswegen bringt man aber doch niemanden um«, sagte Goselüschen, der immer noch hinter Reimann im Türrahmen lehnte. »Wenn jeder Ausgenutzte zum Mörder werden würde, ständen viele Wohnungen leer.«

»Nein ... das kam wegen Katja.« Maria runzelte die Stirn:

»Sie meinen Katja Rohenkohl, Ihre Kollegin bei der Stadt?«

»Ja«, sagte er nach kurzem Zögern. »Ich war verliebt in sie, seit dem ersten Tag, an dem sie bei uns anfing. Auch das hatte ich dem Müller leider anvertraut. Kurze Zeit später hatte sie etwas mit diesem Kaufmann, ich konnte es kaum ertragen.«

»Deswegen haben Sie versucht, ihm die Tat unterzuschieben?«

»Ja, so sollte es jedenfalls sein. Genau wusste ich natürlich nicht, ob das funktioniert. Ob er überhaupt noch auf dem Markt sein würde und ob er einigermaßen zeitgleich mit Johann aufbrechen würde. Aber das lief perfekt soweit.«
Maria spürte, wie erleichtert Reimann war, sich jemandem mitteilen zu können.

»Die Rohenkohl hat sich damals aber wieder vom Kaufmann getrennt«, warf Goselüschen ein.

»Ja, da war ich echt glücklich. Ich dachte, ich könnte Sie vielleicht doch noch für mich gewinnen. Ein paar Wochen später hatten wir eine Feier von der Belegschaft. Da wurde viel getrunken. Ich hatte mir fest vorgenommen, sie endlich anzusprechen. Aber der Johann hat sie den ganzen Abend angegraben und schließlich vor meinen Augen mit ihr rumgekutscht. Und mir dann zugerufen, dass das so gemacht werden würde.«

»Darauf haben Sie beschlossen, sich zu rächen?«

»Darauf habe ich beschlossen, ihn zu töten!«

»Woher hatten Sie das Messer?«, fragte Goselüschen.

»Johann hatte unseren Vorgesetzten zum Grillen eingeladen, und damit er sich besser präsentieren könnte, hat er mir gesagt, ich soll gefälligst auch antanzen. Beim Gang auf die Toilette habe ich aus der Küche das Messer mitgenommen.«

»Dass das Birgit Müller tatverdächtig machen könnte, war Ihnen egal?«

»Egal nicht, die Birgit ist ja eigentlich ganz in Ordnung. Ich dachte mir, wenn Sie herausbekommen, woher das Messer stammt, hätte Birgit sicher ein Alibi. Hat sie keines?« Maria räusperte sich und streckte den Rücken durch:

»Nun, Herr Reimann, ich denke, den Rest besprechen wir auf dem Revier.« Er nickte kaum merklich.

»Darf ich mich kurz verabschieden?« Maria nickte, stand auf und wartete neben Goselüschen auf dem Flur. Sie seufzte.

»Irgendwie kann er einem Leid tun. Scheint keine besonders glückliche Kindheit gehabt zu haben, das Außenseiter-Dasein zieht sich bis ins Erwachsenenalter und dann noch die Sache mit seiner Mutter.« Gose zog die Augenbrauen hoch:

»Maria, bitte! Wie viele Menschen haben denn eine komplett glückliche Kindheit und so weiter und so fort? Mir tut der gar nicht leid.«

Wenig später erschien Reimann und bevor Maria oder Goselüschen reagieren konnten, schubste er mit Hilfe seiner zwei Zentner Körpergewicht Goselüschen zurück, der mit Maria zusammenprallte. Beide konnten sich gerade noch auf den Beinen halten und sahen, wie Reimann zum Treppenhaus rannte.

»Verdammt!« Maria fing sich als Erste und lief dem Flüchtenden hinterher. Verflixt, wie schnell ist der denn?, dachte sie. Als sie die oberste Treppenstufe erreichte, war Reimann bereits an der Eingangstür und stürzte nach draußen. Maria zückte ihr Handy und tippte auf dem Weg über den Hof bis zur Straße die Nummer ihrer Vechtaer Kollegen ein. Bevor jemand ans Telefon ging, hörte sie Hupen, quietschende Reifen und den schrillen Schrei einer Frau. Im nächsten Moment näherte sie sich dem Bürgersteig und erblickte etwa 50 Meter weiter den auf der Straße liegenden Reimann unter einem LKW.

»Er ist vor den LKW gelaufen – einfach so!« Die etwa 50-jährige Frau hielt sich fassungslos die Hände vor den Mund. Mittlerweile hatte Goselüschen seine Kollegin erreicht und starrte wie sie auf die Straße. Nach einem Moment des Schocks rannten sie zur Unfallstelle. Reimann lag regungslos dort, einen Arm in unnatürlichem Winkel abgespreizt. Das Gesicht ihres überführten Täters bestand nurmehr aus einer breiigen Masse aus Blut, Haaren, Hautfetzen und Knochen. Etliche Schaulustige versammelten sich um die Unfallstelle und beobachteten, wie die Reanimationsversuche erfolglos blieben. Der nach wenigen Minuten eingetroffene Notarzt konnte nur noch den Tod Walter Reimanns feststellen. Fast zeitgleich mit dem Rettungswagen waren die uniformierten Kollegen von Maria erschienen und sicherten den Unfallort. Eine Angestellte der Seniorenwohngemeinschaft hatte das Treiben ebenfalls verfolgt und bot Maria und Goselüschen an, sich bei ihr das Blut abzuwaschen, das nach den Erste-Hilfe-Maßnahmen an ihren Händen klebte. Dankend nahmen die beiden das Angebot an.

»Damit konnte niemand rechnen«, sagte Goselüschen, der neben Maria am Waschbecken stand.

»Ich weiß, Gose, ich weiß.« Mehr Worte fielen die nächsten Minuten nicht und auch Goselüschen konnte dieser dramatischen Situation keinen humorvollen Aspekt abgewinnen.

***

Eine Möwe flog kreischend über Maria hinweg und stürzte sich wenige Meter von ihr entfernt ins Wasser, um kurz darauf mit einem zappelnden kleinen Fisch im Schnabel wieder in luftige Höhen aufzusteigen. Die Flut hatte gerade ihren Höhepunkt erreicht. Maria suchte sich einen flachen Stein, den sie mit persönlichem Rekord über das recht ruhige Wasser flitschen ließ.

Zwei Wochen waren vergangen, seit sie den Mord an Johann Müller in Vechta hatten aufklären können. Nachdem sie und Goselüschen den Bericht fertiggestellt hatten, nahm sie sich ihren ersten Urlaub in diesem Jahr und vor drei Tagen konnte sie endlich mal wieder durchschlafen. Die raue Seeluft hier in Duhnen scheint mir offensichtlich zu bekommen, dachte sie lächelnd, als ihr Handy in ihrer Jackentasche vibrierte. Das Lächeln verstärkte sich, als sie auf dem Display ihren Anrufer erkannte:

»Hi, Gose, vermisst du mich schon?«

»Natürlich vermisse ich dich – jeder Tag ohne dich ist ein verlorener Tag. Wie geht es dir? Hast du dich schon erholt?«

»Du lügst wie immer sehr überzeugend.« Sie lachte herzlich. »Ja, mir geht es gut, danke. Aber trotzdem bleibe ich nächste Woche noch hier.«

»Ja ja, geh doch gleich in Pension. Okay, warum ich dich anrufe: Die Handschuhe, die wir in Reimanns Garage gefunden haben, trieften nur so vor Müllers Blut. Damit konnten wir die Akte endgültig schließen.«

»Danke für die Info, mein Freund. Das beruhigt mich.« Sie atmete hörbar aus.

»Kein Problem, ich wünsch dir weiterhin einen schönen Urlaub. Kraul Pinky von mir – oder besser doch nicht, der haart so schrecklich. Tschüss.« Maria steckte grinsend ihr Handy in die Tasche ihrer blauen Windjacke und blickte zum Himmel, die Wolkendecke wurde immer dichter. Es würde wohl gleich regnen. Seit einigen Jahren hatte Maria Cuxhaven zu ihrem Lieblingsziel für spontanen Urlaub auserkoren. Kilometerlange Sandstrände und Nordseeklima kombiniert mit den Vorzügen einer Kleinstadt, die in wenigen Minuten erreichbar war – so gefiel es ihr. Kaum war der Gedanke zu Ende gedacht, fielen die ersten Regentropfen auf ihr Haar und von dort auf ihre Nase. Sie sollte schleunigst zu ihrem Hotel aufbrechen. Fast blieb Maria mit ihrer Jacke an genau dem Strandkorb hängen, in dem vor einigen Wochen Walter Reimann gesessen hatte und seine Tat bitter bereute.

Danksagung

Eine Geschichte zu schreiben ist einfach. Daraus hingegen ein Buch entstehen zu lassen, ist ein umfangreiches Unterfangen. Für einen allein eine fast nicht zu bewältigende Aufgabe – jedenfalls für mich. Daher möchte ich mich bei allen herzlich bedanken, die sich – in welcher Form auch immer – eingebracht haben, damit aus meiner Geschichte ein fertiges Buch werden konnte.

Ein ganz spezieller Dank geht an Petra Thole von der Kripo Cloppenburg, die mich in allen Fachfragen hervorragend unterstützt und beraten hat. Besonderer Dank gilt Tanja Loibl, welche wieder geholfen hat, meine verquere Aneinanderreihung von Wörtern zu lesbaren Sätzen umzuformulieren, so weit ich es zugelassen habe, und hoffentlich die meisten Fehlerteufel aus diesem Werk vertrieben hat. Nicht zu vergessen, meine vielen Testleser. Von denen möchte ich folgende hervorheben, da diese mir, nicht immer schöne, aber konstruktive Kritiken geschrieben haben: Iris Freinberger, Linda M. Berg, Beate Majewski und Werner Pfeil. Vielen Dank euch allen!

Über den Autor

Der Autor, 1970 geboren, lebt im niedersächsischen Vechta und ist hauptberuflich als Physiotherapeut mit eigener Praxis tätig. Der Krimi *Der Tote vom Stoppelmarkt* ist seine dritte Veröffentlichung. Die Idee, Geschichten zu erzählen und Bücher daraus entstehen zu lassen, kam quasi über Nacht.

Selbst ist er großer Fan von Büchern Stephen Kings, Dean Koontz und John Grishams. Natürlich hat auch die Harry Potter-Reihe von J. K. Rowling einen festen Platz in seinem Bücherschrank.

Besuchen Sie ihn bei Facebook und folgen ihm auf der Autorenseite Marcus Ehrhardt.

Bisher erschienen:

- *Fremde Angst – Burns Creek* (08/2017)
- *Fremde Angst – Nemesis* (10/2017)

Eine Bitte am Schluss

Liebe LeserInnen des Buches *Der Tote vom Stoppelmarkt:* Jeder hat andere Vorlieben und Sichtweisen. Und ich maße mir nicht an, ein Buch schreiben zu können, das jedem gefällt. Jedoch bin ich bestrebt, dass jeder gut unterhalten wird, der eines meiner Bücher liest. Daher bitte ich darum, nach Beendigung des Buches eine Rezension oder eine persönliche Bewertung zu hinterlassen. Ich werde jede seriöse Kritik lesen und sie gegebenenfalls in mein weiteres Wirken einfließen lassen.

Dafür im Vorfeld bereits vielen Dank!

Der zweite Oldenburger-Münsterland-Krimi mit Maria Fortmann und Peter Goselüschen wird im Frühjahr 2018 erscheinen.

Printed in Poland
by Amazon Fulfillment
Poland Sp. z o.o., Wrocław

23807774R00084